Hrabans geheimnisvolle Reise zum Kontinent des Lächelns

19 Kurzgeschichten

Lotar Martin Kamm

Inhaltsverzeichnis

Als die Welt in Flammen stand

Als Mutter Erde den Atem anhielt

An der Schwelle eines neuen Zeitalters

Business as usual

Chantal läßt sich nicht zweimal bitten

Charlottes Reise durch die Unendlichkeit

Das Märchen vom Gasbar ohne Furcht und Tadel

Das Märchen von der heilen Welt

Der einsame Wolf und das Mädchen Lia

Dornburg - als rätselhafte Kräfte ihm begegneten

Eine Fahrt ins Blaue

Hrabans geheimnisvolle Reise zum Kontinent des Lächelns

Mitten im Atlantik

Nächtliche Besucher

Neulich am Strand

Pias Versuche

Trügerische Landidylle

UFO-Begegnungen mit Katzenjammer

Weihnachten im Tal der Elfen

Als die Welt in Flammen stand

Giseles Versuche einer aussichtslosen Flucht

Langsam lösten sich die ersten Gedanken in willkommene Erinnerungen an lieblichere Zeiten auf, überschlugen sich förmlich angesichts des rasant herannahenden Ereignisses, welches zunächst ziemlich überraschend eintrat. Niemand hatte mit einer dermaßen schnellen Entwicklung gerechnet, obwohl eigentlich genügend klare Indizien vorhanden waren, aber die meisten diese einfach verdrängt hatten, sie nicht wahrhaben wollten.

Nunmehr befanden sie sich mitten im Geschehen. Die nähere Umgebung erzitterte wie eine lodernd heiße Flamme, unsichtbar flackernd und dennoch gerade so mit dem bloßen Auge wahrnehmbar, ähnlich wie wir alle es kennen vom Lagerfeuer. Nur, daß diese undefinierbare Erscheinung bei den meisten eine gewisse Schockstarre hervorrief, sie nahezu bewegungslos kaum in der Lage waren, sich vom Fleck weg zu bewegen.

Die ersten unter ihnen sackten bereits zusammen, als Gisele nur noch eines kannte: weglaufen, so schnell wie möglich, sofortigst! Im Handumdrehen war die 23-jährige Rothaarige aufgesprungen, warf noch einen entsetzten Blick zurück auf die gespenstische Szenerie und verschwand leicht geduckt laufend hinter einer Reihe geparkter Autos an jenem Mittwoch nachmittag im Juli 2015. Überall registrierte sie hektisches Treiben, Glas zersplitterte, Detonationen waren nicht zu überhören, instinktiv hielt Gisele sich beide Ohren zu, stolperte kurz über eine weiße Katze, die mit weit aufgerissenen Augen in ihren Eingeweiden lag.

Dieses grauenhafte Bild hatte keine Chance, sich in ihrem jungen Gedächtnis einzunisten, zu viele heftige Eindrücke prasselten auf sie ein, entführten sie in eine gänzlich andere Welt als alles bis hierher Geschehene. Ihr wurde schlagartig bewußt, der Unterschied zwischen „geschönt manipulierte Fernsehberichte" über Kampfhandlungen sowie Katastrophen und der sich jetzt abzeichnenden Realität. Die ließ sich aber nicht einfach per Fernbedienung ausschalten, sondern bedrohte ihr augenblickliches Leben. Was tun, fragte sie sich ständig verzweifelt, versuchte nicht die Orientierung zu verlieren trotz aufkommender Angst, die aber noch weit entfernt sie nicht unmittelbar berührte.

Lag genau darin eine Gelegenheit, rechtzeitig noch den Überblick für sich zu wahren, bevor sie in unvermittelte Fallen tappte oder Gefahren übersah? Gisele wußte im selben Moment, daß sie besser all ihre geistige Gegenwart aufbringen mußte. Das tat sie relativ bestimmt und erfolgreich. Ein verzweifelter Polizist meinte, er müsse sich an ihr festklammern, weil eine Horde wutentbrannter Rocker ihm hinterherrannte, doch Gisele drehte sich geschickt mit einer 90-Grad-Bewegung, ließ sehr kurz ihr rechtes Knie nach vorne schnellen, traf dessen Gemächt heftigst, so daß der Uniformierte zusammensackend von ihr abließ, sie weiterlaufen konnte. Sie hörte noch die jubelnden Rocker und kümmerte sich nicht weiter drum.

Plötzlich bemerkte sie eine ganz andere Gefahr, die um ein vielfaches bedrohlicher ihr entgegentrat: eine Rotte wildgewordene Hunde, mindestens neun oder ein Dutzend, wie sie gerade noch erkennen konnte, ein Alpha-Rüde sie bereits zähnefletschend besprang. Mit einem gezielten Schlag auf dessen empfindliche Nase schickte sie ihn ins Reich der Träume, aus diesem er wohl nie wieder erwachen würde, weil das Stahl des Schlagrings den gesamten Oberkiefer zertrümmert hatte, der Anführer der Rotte röchelnd am Boden liegend erstickte. Wimmernd und reißausnehmend ergriffen die anderen die Flucht, mit einer solchen Gegenwehr hatten sie wohl nicht gerechnet.

Wer jetzt glaubte, eine personifizierte Lara Croft würde sich mal locker eben so der entflammten Welt entgegenstellen, befand sich im Irrtum. Gisele hatte lediglich wenigstens gelernt, sich mit einfachen, aber wirkungsvollen Kampftechniken zu wehren, bevor ein feindliches Gegenüber ihr Böses anzutun vermochte. Das schützte sie in diesen Momenten.

Giseles Versuche einer aussichtslosen Flucht

Doch da warteten noch manche jener gefährlichen Momente auf Gisele, die Umgebung erzitterte unaufhörlich, überall herrschte Chaos, schreiende Menschen liefen wirr durch die Gegend, schier grenzenlose Panik vermischte sich mit abgrundtiefem Haß, niemand konnte mehr dem anderen trauen, in Sekundenbruchteilen entschied Sympathie und Antipathie über das Leben des vermeindlichen Feindes.

Hatte sie sich noch nachmittags vor einer Rotte Hunde in Sicherheit bringen können, eskalierten inzwischen die offensichtlichen Gewaltszenen. Dabei versuchte sie dennoch die letzten Tage zuvor zu reflektieren, erkannte plötzlich den Zusammenhang zwischen jenen Ereignissen und den zurückliegenden der letzten Jahre. Stets verlautete die Botschaft bei kritischen Querdenkern, daß die Regierungen sich längst von ihren Völkern abgewandt hatten, gemeinsam mit geldgierigen Konzernen der Pharma-, Rüstungs- und Ölindustrie, um nur die drei mal zu erwähnen, aber auch selbst mit kriminellen Elementen der Prostitution und dem Drogenmilieu sich arrangierten.

Der erreichte Profit schweißte zusammen, erschuf Allianzen, gegen die sämtliche Aussteiger, Spirituelle und eben Querdenker kaum eine Chance hatten, aus dieser menschenverachtenden Umklammerung sich zu befreien. Alles ordnete sich dem Willen dieser mächtigen Weltenbeherrscher unter, das Schreckgespenst von der NWO war Wirklichkeit geworden, ohne daß es den Völkern gelang, dies zu verhindern. Und auch Gisele war sich stets dessen bewußt gewesen.

Aber was nutzten all diese Überlegungen, wenn nunmehr in ihrer unmittelbaren Umgebung letztlich Krieg ausbrach, denn als was anderes konnte sie es nicht mehr deuten. Kurz zuvor hatte ein Marschflugkörper zwei Straßenzüge weiter ein Bankgebäude getroffen, welches daraufhin in sich zusammenbrach. Eine kräftige Hand packte plötzlich ihre rechte Schulter und dessen linker Arm war im Begriff, ihre Taille zu umklammern, sie herum zu reißen. Was der Soldat völlig unterschätzte, betraf ihre geschulten Reflexe.

Sie ergriff seinen rechten Unterarm, beugte sich schlagartig nach vorne, so daß er unweigerlich gegen ihr Gesäß knallte, was ihr wiederum die Gelegenheit gab, über die Hüfte mit einer gleichzeitig heftigen Drehbewegung ihn auf den Boden zu schleudern. Im nächsten Moment hatte sie zielsicher seinen linken Arm ergriffen, ihren rechten Fuß in sein Kreuz gestemmt, kniete sich nieder und drückte seinen Arm heftigst nach oben. Ein Aufschrei war die Folge.

Ihr Glück war ihr hold, weil der Soldat Handschellen mit sich trug, die sie sofortigst einsetzte, seine Hände auf seinem Rücken fixierte, anschließend aufstand und ihn achtlos zurückließ. Kaum hatte Gisele daraufhin die Straße überquert, sah sie von weitem eine Kolonne Militärfahrzeuge auf sich zufahren. Im nächsten Augenblick hechtete sie daher in ein Geschäft, dessen Glastür offen stand. Geistesgegenwärtig duckte sie sich, warf einen scharfen Rundblick in den Schreibwarenladen, entdeckte ganz hinten eine Tür, rannte auf sie zu, stieß sie auf und befand sich im Treppenhaus.

Schon vernahm sie gezielte Befehle von den in den Laden hereinstürmenden Soldaten, als die 23-Jährige sich kurzentschlossen nach draußen begab, einen Hof schnellstens durchquerte, mit einem geschickten Satz über eine mannshohe Mauer sprang und dahinter weich in einem Blumenbeet landete, sich abrollte, aufsprang und ihre Flucht sofortigst fortsetzte. Die Rothaarigee wußte jetzt nur zu genau, daß die Soldaten nicht locker ließen. Zum zweiten Mal war das Glück auf ihrer Seite, stand dort doch am Haus eine Kawasaki KLE 650 Versys, wobei gar der Schlüssel steckte. Kurzentschlossen schwang sie sich auf das Sportmotorrad und fuhr im Nu davon, als gerade die wutentbrannten Soldaten über die Mauer sprangen. Zu spät, das Bike war entschieden zu schnell, Gisele ihren Verfolgern entkommen.

Giseles Versuche einer aussichtslosen Flucht

Normalerweise macht Bikefahren richtiggehend Spaß, wenn befreit aufatmend, den entgegenfliegenden Horizont im Visier, unzählige Assoziationen durch den Kopf schnellen, das Gefühl der Geschwindigkeit, des Rausches, vom Allerwertesten über den gekrümmten Rücken verteilend sich in wohlige Wärme auflöst. Kurz, Steppenwolfs „Born To Be Wild" wurde nicht zufällig zum Biker-Hymnensong, er unterstreicht das pure Freiheitsgefühl.

Allerdings konnte Gisele derartige Gefühle nicht hegen, als sie just den Soldaten entkommen unterwegs war auf der Kawasaki in Richtung Autobahn, hin und wieder aus dem Hinterhalt irgendwelche Kugeln an ihrem Helm vorbeischossen, diese sie zum Glück nicht trafen. Die Sonne längst untergegangen, die anbrechende Nacht dennoch taghell erleuchtet vom Feuer ringsrum, zogen obendrein überall Rauchschwaden auf, Menschen liefen völlig verzweifelt gehetzt durch die brennende Landschaft, manche kreuzten achtlos ihren Weg, Gisele vermochte jedesmal gerade noch auszuweichen.

Schon hatte sie die Autobahn erreicht, als sie zur Rechten einen Hubschrauber bemerkte, der einen Suchscheinwerfer auf sie warf. Im nächsten Moment sah sie im Augenwinkel das Mündungsfeuer eines Maschinengewehrs, konnte geschickt gerade noch ausweichen, bremste äußerst scharf, schleuderte daher ein wenig, brachte aber das Bike an der Leitplanke zum Stehen und sprang sofort die Böschung hinab. Wie ein gehetztes Wild lief Gisele zunächst in ein Gebüsch und warf sich zu Boden. Der Helikopter umkreiste das Motorrad, jedoch die Besatzung hatte sie im rund fünfzig Meter weiter entfernten Grün nicht bemerkt, stand ein wenig ratlos neben der Kawasaki.

'Erst einmal tief durchatmen, mich sortieren. Was verbleibt mir noch?', waren ihre Gedanken. Sie wußte, daß sie vorerst sich nicht entfernen konnte, da bereits ein Jeep keine zehn Meter von ihr stand, überall Soldaten mit großen Taschenlampen die Gegend durchforsteten. In solch aussichtsloser Lage hatte sie eigentlich überhaupt keine Chance, als plötzlich jemand von hinten sie sanft berührte, ihr sofort den Mund zuhielt, ihr per Handzeichen zu verstehen gab, sie möge ganz still sein. Erstaunt blickte sie in wunderschöne grüne Augen einer Schwarzhaarigen, die zugleich Gisele aufforderte, ihr zu folgen.

Einige Schritte weiter befand sich ein Gullideckel, ihre Befreierin ging voraus, stieg hinab in den Schacht, forderte Gisele in eindeutiger Geste auf, mitzukommen und den Gullideckel von unten wieder auf den Eingang zu ziehen. Kaum geschehen, hörten die Beiden noch aufgeregte Stimmen ganz in der Nähe. Doch die

Verfolger ahnten nichts, während die Frauen immer tiefer hinabstiegen. Marlene stellte sich kurz vor, gab Gisele zu verstehen, daß sie schon länger gewußt hatte, was da auf alle zukommen würde, so daß sie zusammen mit Gleichgesinnten sich hatten halbwegs vorbereiten können.

Zunächst durchfuhr Gisele eine Welle der Erleichterung, nach einem längeren Fußmarsch erklommen sie erneut eine Leiter und gelangten an einer etwas ruhigeren Straße am Rande der Stadt, die die Rothaarige allerdings nicht kannte. Eine Gruppe junger Menschen kam ihnen entgegen. Unerwartet spürten alle gleichzeitig eine merkwürdige riesige Spannung um sich herum, gerade so, wie wenn die gesamte Erde extrem innig und tief die Luft anhalten würde. Dann erfolgte ein Blitz, scharf, heller als jedwedes Sonnenlicht, verglühte gleichzeitig alles unter unendlich hoher Hitze, der atomare Einschlag vernichtete sämtliche Materie im Rausch seiner erbarmungslosen Urgewalt.

"Das wahre Grauen läßt nicht mit sich handeln." (Peter Rudi)

Als Mutter Erde den Atem anhielt

Zu Beginn einer ahnungsvollen Kälte

Grauzonen überragten den noch jungen Tag, der nicht im geringsten vielversprechend ihnen entgegenblickte mit seinen dunklen Wolkenpaketen, die nahezu bedrohlich unheimlich vom fernen Horizont ziemlich rasch ihnen lautlos entgegenschwebten. Trotzdem wagten sie einen schnellen Spurt über den Hof, obwohl ihnen Mama dies eindringlich verboten hatte. Aber die stets forschende Neugier hatte die beiden dazu angetrieben, die strengen Worte von Tanja, ihrer Mutter, einfach zu mißachten, zumal Amelie und Steven alles andere als stille Jugendliche waren.

In den letzten Tagen rumorte es erneut im ganzen Land, eigentlich fast überall in Europa, nachdem schreckliche Kriege im Osten des Kontinents die jahrzehntelang verwöhnte westeuropäische Bevölkerung aus ihrem arglos konsumorientierten Dornröschenschlaf schlagartig geweckt hatte. Bis auf einige wenige, die rechtzeitig in wacher Vorahnung das Weite gesucht hatten, weltweit verstreut Schutz suchten und fanden. Jenen galt kaum noch Aufmerksamkeit, zumal vor einigen Monaten das gesamte Nachrichtennetz seitens hintersinniger Politik einfach gekappt wurde nebst der Möglichkeit, sich per Internet zu informieren. Andere Kommunikationsstrategien waren plötzlich gefragt und begehrenswerte Wunschträume innerhalb der alleingelassenen Bevölkerung, die da ausharrte, was noch geschehen vermochte.

Die Photographin hatte sich erst in der vergangenen Nacht gefragt gehabt, ob es das schon gewesen sein könne, als vierzigjährige Alleinerziehende mit zwei jugendlichen Kindern dem nahen Tod entgegenzublicken. Niemand in ihrer Nachbarschaft wußte genaues, Gerüchte verbreiteten eine schreckliche Gewißheit, daß wohl überall Gewalt toben mußte, zumal in ganz weiter Ferne ebenso das Grollen schwerer Waffengefechte zu vernehmen war. Darüberhinaus hatte vor zwei Wochen des nachts ein extrem grell aufleuchtender Blitz, der obendrein ewiglange Sekunden anhielt, alles erleuchtet, war durch sämtliche Ritzen und Nischen gedrungen, wobei gleichzeitig eine spürbare Wärme sich im selben Moment ausbreitete, ganz ähnlich wie dies Höhensonnen taten, erinnerte sich Tanja.

Und ihre Kinder? Die verstanden die Welt nicht mehr, zuvor spielte sich das Leben fast sorglos ab, obwohl manch warnende Stimmen in der Schule, im Freundes- und Bekanntenkreis ihrer Mutter von einem bevorstehenden Krieg sprachen, wollte niemand wahrhaben, daß er jemals eintreten würde. Verständlicherweise. Bedenkt man, daß ein himmelweiter Unterschied darin bestand, irgendwelches Leid auf den Mattscheiben von Monitoren zu betrachten, über Kriegsschauplätze, als wenn eine schreckliche Realität urplötzlich sie heimsuchte.

Die ersten schweren Regentropfen fielen vom Himmel, trafen sie eigentlich nicht unbedingt unerwartet, und doch erschraken beide etwas, konnten dennoch rechtzeitig den alten Schuppen erreichen. Laut quitschend ächzte der schwere Torflügel, den Steven mit aller Kraft aufriß, dabei ein Holzsplitter jäh in seinen rechten Handballen stieß, er kurz aufschrie. Amelie ergriff zielsicher das Ende des Splitters und zog ihn heraus, stemmte sich dabei gegen das Tor, welches den Raum wieder verdunkelte, nachdem es knarrend sich wieder geschlossen hatte Da standen die beiden Geschwister nun, schauten erwartungsvoll ins dämmrige Chaos scheinbar wahllos abgestellter Kisten, Kartons, Schrott, alter Möbel und sogar einem Oldtimer.

Und brennende Teile vom Himmel herabfielen

Ein dunkelgraues Mäuschen huschte panikartig an ihnen vorbei, besser gesagt zwischen den Füßen der wie gelähmt verharrenden Amelie, die zwar kurz aufschreien wollte, allerdings keinen Ton herausbekam. Stattdessen krampfhaft Stevens Jackenärmel ergriff und sich zitternd festkrallte.

„Aber Schwesterherz, die Maus hat viel mehr Angst vor dir, ist doch nichts passiert. Schau hin, sie hat sich längst zwischen den Kartons verkrochen", raunte ihr leise der ältere Bruder zu. Langsam faßte die Zwölfjährige wieder Mut, ließ los und ging vorsichtig, immer noch verunsichert zu dem Oldtimer. Es handelte sich um einen orangefarbenen Opel Kadett C, wahrscheinlich Baujahr 1972 wie ihr Steven flüsternd erklärte, zielsicher die Fahrertür öffnete und sich ans Steuer setzte. Dabei fiel ihm sofort das Tapedeck des Autoradios auf, auch daß eine Cassette sich dort drin befand.

'Ob die Batterie noch funktioniert?', überlegte Steven, entschied sich im gleichen Moment, es auszuprobieren, drückte auf „Power" und drehte den Lautstärkeregler nach rechts. „There's a giant doing cartwheels, a statue wearin' high heels.", erklang da. 'Wow, ein Song von Creedence Clearwater Revival, nur welcher?', grübelte der zwei Jahre ältere Bruder, fand die leere Cassettenhülle im Handschuhfach. Das mußte sich um den 1970 erschienenen Song „Lookin' Out My Back Door" handeln, erkannte er zugleich mit kurzem Blick auf der Songliste. Sein Vater hatte jene Musik oftmals laut angehört, wenn ihre Mutter nachts gerarbeitet hatte. Amelie schwang rythmisch ihre Hüften zur Musik.

Plötzlich vernahmen die Geschwister ein sehr laut näher kommendes Brummen, Steven warf sich erschrocken auf den Beifahrersitz duckend nach unten, während seine Schwester unter den Kadett kroch, dabei ihr linker Jackenärmel bis zum Ellenbogen aufriß. Dann stürzte ganz hinten irgendetwas schweres aufs Schuppendach, kullerte lautstark herunter und schlug scheppernd auf einen Schrotthaufen. Gleichzeitig wurde das Tor aufgerissen, zwei Uniformierte stürmten hinein. Ein Lichtkegel von einer großen Stabtaschenlampe durchbrach den Raum, die beiden entdeckten die Geschwister aber nicht.

Der größere der Uniformierten schrie seinem Kumpel zu, hier sei wohl nichts, besser sie würden wieder verschwinden, außerdem sollen gleich die nächsten Bomben fallen. Daraufhin verließen sie den Schuppen wieder, Amelie und Steven atmeteten zunächst erleichtert auf.

„Setz dich zu mir, Amelie", forderte sie ihr großer Bruder auf. Kaum geschehen, startete er den Motor, der Kadett sprang erstaunlicherweise sofort an. Ohne zu zögern, legte Steven den ersten Gang ein und gab Vollgas. Laut aufheulend, mit quitschenden Reifen durchbrach Sekunden später der orangefarbene Wagen das Tor des Schuppens, die Geschwister befanden sich mitten im Krieg, rechts und links fielen irgendwelche brennende Teile vom Himmel, Amelie schrie nur noch, ihr großer Bruder fuhr ziemlich geschickt über den Hof.

Ein Ticket in eine ungewisse Zukunft

Der gesamte Horizont schien in Flammen zu stehen, wie Tanja unschwer bemerkte, als sie einen kurzen Blick beim Kochen aus dem Küchenfenster warf. Erschrocken zuckte sie zusammen, weil just in diesem Moment ein Feuerschweif übers Haus zu rauschte. Sie dachte noch panikartig an ihre beiden Kinder, wo sie denn so lange blieben, entschied sich aber, nicht weiter zu grübeln.

'Nichts wie weg hier', dachte sie nur noch, schlüpfte in Windeseile in ihre Stiefel, schnappte sich ihre Jacke, die Handtasche und stürzte durchs Treppenhaus nach unten. Ganz nah krachte es ziemlich laut, der Schall drang durch sämtliche Mauern, das Glas der Scheibe im zweiten Flurfenster zerbarst, Splitter flogen ihr entgegen, doch Tanja lief einfach weiter.

Sie riß die Haustür und nicht die Hoftür auf, was sie selbst verwunderte, sah den kurz scharf bremsenden, organgefarbenen Kadett, Amelie sprang aus dem Wagen, klappte den Beifahrersitz nach vorne, schwang sich nach hinten auf die Rücksitzbank, damit Tanja vorne Platz nehmen konnte. Sofort beschleunigte Steven den Opel, der natürlich aufheulte, was dennoch im Lärm des Bombenhagels kaum störte.

„Ihr fragt euch sicherlich, wem der gehörte, oder? Ich nehme mal an, ihr wißt es schon. Euer Vater konnte sich nie von ihm trennen, sein alter Kumpel, der Thorsten, hat ihn all die Zeit in meinem Auftrag gewartet, wollte ich irgendwann einmal als Oldtimer verkaufen", berichtete sie ihren Kindern, freute sich zugleich, daß Steven so zielsicher den Wagen lenken konnte.

„Bevor du mich mit Vorwürfen überschüttest, Mama, genau dieser Thorsten war es, der mich ab und zu mal mit seinem Auto fahren ließ, stets dabei war. Jetzt kommt es uns zugute", bemerkte ihr Sohn grinsend um sich schauend. Amelie lächelte ihn kurz an und drückte erleichtert die linke Hand ihrer Mutter. Alle drei wußten nunmehr, daß ihr Leben einen gänzlich anderen Verlauf nehmen würde.

Jedwede Verbindung zu alten Freunden oder entfernten Verwandten verloren in jener Nacht an Bedeutung, es galt, irgendwie weg zu kommen vom Krieg, der sie eingeholt hatte. Wie gut, daß sie sich hier sehr genau auskannten. Binnen weniger Minuten verließen sie bereits die Stadt, im Rückspiegel konnte Steven das Aufflackern brennender Straßenzüge erkennen, vor ihnen lag die tiefe schwarze Nacht, ein Ticket in eine ungewisse Zukunft. Niemand konnte vorherbestimmen, was jene Kriegstreiber noch alles an Bösartigkeiten den Menschen antun wollten.

An der Schwelle eines neuen Zeitalters

Melindas Welt gerät aus den Fugen

Nichts verhielt sich jemals mehr wie es einst mal war. So zumindest empfand dies die vierzehnjährige Melinda, als sie durchs Treppenhaus lief, manchmal zwei, drei Stufen auf einmal, stolperte dabei einmal kurz, konnte aber noch rechtzeitig einen Sturz verhindern. Frau Huber aus dem zweiten Stockwerk schimpfte ihr fluchend nach, es sei doch noch Mittagsruhe. Aber dies interessierte die schwarzhaarige Jugendliche nicht im geringsten, sie war obendrein in Gedanken vertieft, zumal gestern ihre erste große Liebe einfach so, ausgerechnet gar per SMS Schluß gemacht hatte.

Amy hatte sie des nachmittags noch getröstet, weil Melinda heulend vor dem Schultor gekauert hatte, diese den Hausmeister harsch abwies, als jener nach ihrem Anliegen fragte. Sie möge Jens ganz schnell wieder vergessen, erklärte Amy, er sei es eh nicht wert gewesen, man munkle, er würde das bei anderen genauso gemacht haben, er sei sogar ein Aufreißer, der sich gern damit brüsken würde, mit wievielen Mädchen er schon gegangen sei. Seine Schulfreunde suchten in der Regel meist auch Rat bei ihm.

Schnell hatte sich am Ende Melinda von ihrer allerbesten Freundin beruhigen lassen, sie sah ein, daß es noch andere, viel interessantere Jungs gäbe. Kaum hatte sie die schwere Eichen-Eingangstür aufgestoßen, empfing die Jugendliche der übliche, laute Verkehrslärm. Zwei Autos bremsten scharf ab, beinahe kam es zu einem Unfall, der Vordermann brüllte aus dem offenen Fenster in Richtung des Fahrzeugs hinter ihm, danach rollte der Verkehr jedoch schnell wieder weiter.

Auf der gegenüberliegenden Straßenseite nahm Melinda plötzlich ihre Mutter wahr, die eigentlich auf Arbeit sein sollte, eine Putzstelle bei den Webers in der Galvanistraße. Doch ihre Mama schlenderte gemütlich in aller Seelenruhe Arm in Arm mit einem viel jüngeren Mann als sie selbst, tauschte verliebte Blicke mit diesem aus. Melindas Atem stockte für einige Augenblicke, ehe sie wutentbrannt zur Kreuzung rannte, da just für Fußgänger die Ampel auf Grün schaltete.

„Nanu, welch toller Mann an deiner Seite, Mama, möchtest du mich nicht vorstellen?", rief sie von weitem den beiden zu, ziemlich keuchend aus der Puste geraten, da sie die letzten dreißig Meter ganz schnell gerannt war. Martina, so hieß ihre Mutter, schaute entsetzt ihrer Tochter entgegen und erwiderte ziemlich verlegen.

„Marc, darf ich dir meine ältere vorstellen, das ist Melinda. Mach dir nichts draus, sie ist mitten in der Pubertät." Kaum ausgesprochen, erhielt Martina einen vernichtenden Blick von ihrer Tochter.

„Aha, man sieht sofort, daß du Tinas Tochter bist", bemerkte der große Dunkelblonde grinsend, „du gehst wohl noch zur Schule, in die achte Klasse, oder? Du sollst ganz gut in Mathe sein, wie mir deine Mutter erzählte?"

„Was geht den das was an, Mama?", fragte Melinda ziemlich entrüstet ihre Mutter, wartete keine Antwort mehr ab, sondern kehrte einfach um, suchte schnell das Weite, viele Gedanken schwirrten der Jugendlichen durch den Kopf. Sie mußte an Papa denken, der gerade unterwegs war nach Rom, ein dringendes Geschäft erledigen, während ihre Mama einfach sich einen Lover gönnte! Obendrein einen solch jungen, sie schätzte ihn auf höchstens 35, also somit zehn Jahre jünger als Mutter. Wutentbrannt lief sie in die City, möglichst unter Leute, dachte sie, dann müsse sie sich mehr beherrschen.

Schlimm genug, daß seit drei Tagen inzwischen der fünfte Krieg im Nahen Osten ausgebrochen. Nachdem im Irak und in Syrien schon Kriege liefen, noch im Winter 2016 die USA meinten, sie müßten erneut Libyen bombardieren, war mitten im Frühling ebenso Ägypten involviert, folgten nunmehr im Hochsommer heftige Scharmützel zwischen der Türkei und dem Iran. Erdoğan wollte wohl unbedingt der Welt seinen Wahnsinn beweisen, wissend, daß im Notfall eine NATO ihn schützen würde. Das hatte die Russen erheblich verärgert.

Man spürte regelrecht die knisternd aggressive Spannung, die obendrein von den Systemmedien erst recht angeheizt wurde. Die Lobesbekundungen für die USA waren kaum mehr auszuhalten, zumindest für all jene, die noch einen Restverstand an politischer Kritik sich bewahrt hatten. Auch Melinda war sich zusammen mit ihren Schulfreudinnen- und Freunden einig, wie gefährlich die politische Lage eskalierte, die letzte Hoffung darin bestand, daß Putin weiterhin weise sich zurückhielt. Dies schien sich gerade zu erübrigen, zu heftig provozierte die Allianz der Aggressoren!

Welch komische Zeit, in der sie lebe, dachte Melinda, bemerkte hektisches Treiben in der Stadt. Weiter vorne rannte plötzlich eine Gruppe älterer Jugendliche aus einem Supermarkt, trugen solche billigen Batman-Masken. Schnell war ihr klar, daß sie einen Raub hinter sich hatten, da aufgeregt das Personal auf dem Bürgersteig erschien. Zu spät, die Diebesbande hatte sich gut vorbereitet, fuhr mit quitschenden Reifen in einem schwarzen Volvo davon.

Erschrocken fuhr Melinda herum, weil jemand auf ihre linke Schulter tippte. Es war Amy, die sie wortlos in den Arm nahm. Heulend schluchzte die Vierzehnjährige auf, erzählte ihrer besten Freundin von Mama und deren jüngeren Lover. Amy versuchte sie halbwegs zu trösten, lud sie ein, sie könnten doch eine Pizza essen gehen, dann käme sie wieder auf andere Gedanken. Melinda willigte kopfnickend ein.

Business as usual – herrenloser Koffer sorgt für Aufregung

"What's up? Brexit? Bullshit! Why do you want to stay in the EU?"

"I certainly don't want to, it's not me but my business."

"Your business? I'm laughing about such arguments, cause concers are the winners at least, aren't they?"

"Well, you're right. Maybe I'm hoping just for fun."

"Don't mind, no-one will order the cash flows."

Zwei britische Touristen beim Einchecken auf dem Düsseldorfer Flughafen.

„Ihre Bordkarten, bitte. Danke."

Kurz vor 13 Uhr, emsiges Treiben, manche Passagiere wischen den Schweiß von der Stirn, ein Kind weint, während seine Mutter eifrig bemüht ist, es zu beruhigen. Ein älterer Mann bückt sich, um seinen linken Schuh neu zu binden. Dabei hält er plötzlich inne. Die Mutter des Kindes bemerkt dessen kreidebleiches Gesicht.

„Was fehlt Ihnen denn?"

„Da liegt ein Koffer, wo keiner sein sollte. Weit und breit kein Besitzer!"

Die Frau schnappt sich die Hand des Kindes und rennt zugleich schreiend los. Heller Aufruhr auf dem Flughafen, alle Passagiere werden aufgefordert, sofort die Halle zu verlassen, allerdings ohne dabei panisch zu laufen. Leichter gesagt als getan. Manche schubsen ihre Vorderleute vor sich her, zwei Polizisten greifen ein, können schlimmeres verhindern.

Die beiden britischen Touristen sitzen längst in ihrem British-Airways-Flieger, der just in diesem Moment abhebt, gen London. Sie können die schwarze Rauchwolke nicht sehen, die aus der Abflughalle dringt, genauso wenig die kurz aufflackernden Blitze.

Chantal läßt sich nicht zweimal bitten

Nur ein fragwürdiges Angebot?

„Brandheiß, das muß ich ebenso haben, wow, welch geile Ware, allein schon die technischen Möglichkeiten, einfach fett, sach ick' dir, Alter." – Mit solch ähnlichen Worten begrüßten sich zwei Kumpels am Bahnhof Zoo, schlenderten langsam Richtung Innenstadt, zumindest nach den Maßstäben des alten West-Berlins, heute ist ja Berlin-Mitte das Zentrum der Metropole an der Spree.

Doch was interessieren vergangene Zeiten, als noch die Mauer stand, die olle U-Bahn-Linie 6 von Tegel über die drei Geisterbahnhöfe und Friedrichstraße bis hin zum Endbahnhof Alt-Mariendorf führte, hinterm Alex die Spuren des Zweiten Weltkriegs an mancher Hausfassade noch zu sehen waren, als ob dieser just geschehen? Ne ne, laß man, dat is Schnee von jestern, heute zählt, daß du schnieke bist, bloß deine Pferdchen am Laufen hast, schließlich ist in Hartz-IV-Zeiten nicht damit zu spaßen.

Überall Kontrollle, soweit das Auge reicht. Andererseits, wer nichts zu verbergen hat, sollte och nüscht befürchten, oder? Denkste! Allein dieses unter Generalverdacht stehen, kann bei dem ein oder anderen eine gewisse Paranoia hervorrufen, erst recht bei Suchtmenschen. Das treibt jene geradewegs in immer neuere Flucht vor der grauen, kalten Realität. Versteht sich von selbst, daß dabei eine schier unendliche Vielfalt an krimineller Energie sich tummelt. Aber was soll's, genau so will sie es haben, diese janze politische Mischpoke, wie einst Tucholsky oder Zille sie nannte.

Zurück zu den beiden Kumpels Freddy und Mike. Angekommen in irgendeinem Café in der Lietzenburger Straße, keineswegs in der Absicht, ein Edel-Bordell um die Ecke aufzusuchen, sondern einfach ungestört zu plaudern, sollte es nicht lange dauern, bis sie jäh unterbrochen wurden. Eine reife Frau mit Sonnenbrille setzte sich unaufgefordert zu ihnen, winkte der Kellnerin und bestellte sich einen Café au Lait. Kaum rührte sie bedächtig mit einem langstieligen Löffel, schlüfte genüßlich den ersten Schluck, fand Mike zuerst den Mut, sie anzusprechen.

„Welch entzückende Gesellschaft sich zu uns gesetzt hat, Gnädigste. Mit wem haben wir hier das Vergnügen?", fragte er und steckte sich ein wenig umständlich eine Zigarette an.

„Meine Herren, wie Sie sich vielleicht denken können, setze ich mich bestimmt nicht zufällig zu Ihnen, so interessant und vor allem wichtig sind Sie mir mitnichten", erwiderte die langhaarige Brünette, „nennen Sie mich einfach Chantal, das soll reichen. Und bevor Sie mich unterbrechen, nein, ich habe keine sexuellen Absichten oder gar Wünsche."

Das saß, die beiden schauten sich ein wenig ratlos an, und sie fuhr mit fester Stimme fort.

„Aufgrund Ihrer Freundschaft und vor allem Ihrer beruflichen Erfahrung, kommen wir auf Sie zu, nutzen einfach mal die Gelegenheit, um ein wenig mit Ihnen zu plaudern, ob Sie überhaupt ein Interesse haben könnten, mit uns ins Geschäft zu kommen."

Diesmal war es Freddy, der als erster nach rascher Überlegung geistesgegenwärtig reagierte.

„Das setzt ja voraus, daß Sie, wer auch immer sich hinter Ihnen verbergen mag, und Ihre Leute uns im Vorfeld einige Zeit beobachtet und ausgekundschaftet haben müssen, oder? Und falls ja, dann sicherlich nicht zufällig, sondern ziemlich zweckdienlich, stimmt's?"

Mike überraschte das gezielte Vorgehen seines Freundes nicht im geringsten, war dies doch seine Art, paßte nur zu gut zu ihm. Er selbst hingegen, zog es meist vor, ein wenig abzuwarten, sich zurückzulehnen, zu beobachten, zu reflektieren, zumindest wenn genug zeitliche Gelegenheit sich ihm bot.

Eine verhängnisvolle Entscheidung

Ziemlich schnell schlich sich bei Mike der Verdacht ein, daß Chantal gründliche Recherche betrieben haben mußte, von Zufall konnte daher keineswegs die Rede sein. Der 38-jährige Informatiker hoffte, sein alter Freund würde ebenso ihr Ansinnen erkennen, stieß kurz unterm Tisch an Freddys Schienbein, der sich glücklicherweise nichts anmerken ließ, lediglich kurz zusammenzuckte.

„Oh ja, wir arbeiten stets sehr gründlich, Herr Schrill. Oder darf ich Sie einfach duzen, dies erleichtert erheblich, trägt zu einem vertrauensvolleren Umgang bei?", antwortete Chantal, beugte sich ein wenig vor und schaute auffordernd in dessen grüne Augen ohne auf seine Zustimmung zu warten und fuhr fort: „dann hätten wir dies ja geklärt, lieber Freddy. Wie ich schon erwähnte, haben wir Euch beide nicht zufällig auserwählt, uns behilflich zu sein."

Jetzt erst reagierte Mike, nachdem er sicher sein konnte, sein Freund würde den Tritt ans Schienbein verstehen.

„Okay, alles klar, wir haben verstanden, Chantal. Ich nehme an, Ihr arbeitet mit der CIA zusammen bzw. der NSA, oder? Und jetzt wollt Ihr die Gelegenheit nutzen, uns für Euch zu rekrutieren, schließlich haben wir ja genug Vertrauen im gesamten Osten über die Jahre erwirken können, vor allem beruflicherseits, stimmt's?"

Chantal stieß einen leisen, kurzen Pfiff aus, der die Freunde erstaunen ließ, paßte dieser doch kaum zu ihrer äußeren, eher vornehmen Erscheinung. Chantal grinste ziemlich breit daraufhin, winkte die Kellnerin zu sich, um einen zweiten Café au Lait zu bestellen, Mike und Freddy gönnten sich ihren zweiten Cappuccino.

„Gut kombiniert, Mike. So ist es. Aber wir wollen die Auftraggeber ab jetzt nie wieder einfach so aussprechen, Ihr müßt nämlich wissen, daß in öffentlichen, unabgeschirmten Räumen niemand etwas verborgen bleibt, sie können einfach alles abhören. Unser Gespräch hier ist schon ausreichend genug, dient ja nur der unverbindlichen Kontaktaufnahme. Daß die Gegenseite Euch jetzt schon bereits kennt, in sofern Ihr sie ständig am Bein haben werdet, soll egal sein. Wir wissen, sie bestimmt in die Irre leiten zu können", erwiderte sie und lächelte ihnen zu.

Im Gegensatz zu Mike war Freddy Journalist, arbeitete beim Tagesspiegel, hatte somit Zugang zu etlichen Infos, die meistens nur dem sytemtreuen O-Ton einer US-amerikanischen Linie dienten. Die wenigen Ungereimtheiten behielt er viel lieber für sich, auch, daß er inzwischen längst mit manch wirklich freien Medien liebäugelte. Es war nicht leicht in diesen Zeiten eines neu aufgeflammten kalten Krieges zwischen den USA und Russland, den Überblick zu behalten, besonders wenn man einseitig eingespannt war. Und jetzt dieses zweideutige Angebot! Irgendwie stieß ihm das sehr unwohl auf.

„Du kannst dir natürlich vorstellen, daß wir Euer Angebot erst mal verdauen müssen, ein wenig Bedenkzeit benötigen, oder?", ließ Freddy folglich verlauten und schaute seinem Freund fest in die Augen. Mike hatte den Blick sofortigst begriffen und reagierte sehr diplomatisch.

„Was Freddy damit sagen möchte, wir fühlen uns natürlich geehrt, Euch helfen zu dürfen. Aber es kommt halt sehr überraschend. Ich selbst habe Familie, Frau und zwei Kinder, Freddy hat sich ganz neu verliebt, da bedarf es gründlicher Vorbereitung etc.", betonte Mike.

Chantal schaute von einem zum anderen, band ihre braunen, langen Haare hinten zu einem Pferdeschwanz zusammen und stülpte ein Gummi über. Das stand ihr ganz gut, ließ sie ein wenig frischer aussehen, ihr Gesicht kam viel besser zur Geltung.

„Klar doch, keine Sorge, das gehört dazu, die Überlegung. Dafür haben wir natürlich größtes Verständnis. Wir geben Euch 24 Stunden Bedenkzeit, das muß reichen. Schließlich sind wir ohnehin sicher, daß Ihr zustimmen werdet", betonte sie und erhob sich, steckte der vorbeigehenden Kellnerin einen Geldschein zu, der vollkommen ausreichte für alle Getränke und war ziemlich schnell verschwunden. Mike und Freddy schauten ihr mit offenem Mund hinterher.

Im Auftrag einer unberechenbaren Macht

Erst jetzt bemerkten die beiden, daß einige Gäste des Cafés wohl auf sie aufmerksam geworden waren, zumindest entstand das typische Getuschel, teilweise hinter vorgehaltener Hand oder gesenktem, weggedrehten Kopf. Doch besonders Freddy ließ sich nichts anmerken, grinste erst recht provozierend in die Runde, nickte Mike auffordernd zu, ihm einfach zu folgen, was dieser mit kleiner Tanzeinlage gerne tat.

Ein 11-jähriges Mädchen am Nebentisch kicherte daraufhin, während ihre Mutter sie abstrafend scharf zischelnd zurechtwies. Das bekamen sie allerdings nicht mehr mit, da sie längst die Lietzenburger Straße aufgeregt entlangschlenderten. So bemerkten sie nicht, daß ihnen ein unauffälliger, dunkelblauer Golf folgte.

„Sag mal, Mike, du weißt schon, was diese Chantal da mit uns vorhat, oder?", bemerkte Freddy und schaute kurz auf seine Armbanduhr. Mike widerfuhr es zugleich, daß er nicht so blauäugig sei und erst recht als Familienvater erheblich jetzt zögere. Andererseits könne er sich gut vorstellen, in wie weit seine Informatikkenntnisse gefragt seien.

„Und wie lange sollen wir abwarten, bis gegen Ende der Bedenkzeit?", hakte Freddy daraufhin nach. Mike war zunächst mal in Gedanken vertieft, überlegte das Für und Wider, hatte dabei kein gutes Gefühl.

„Jetzt obliegt es gerade dir, deine Kontakte vorsichtig anzuzapfen, wer wohl dahinter stecken möge, oder? Ich weiß, daß ihr Journalisten etliche Quellen habt!", betonte Mike eindringlich, was Freddy per Kopfnicken bestätigte.

Im selben Moment vernahmen die beiden Freunde heftiges Reifenquitschen bei gleichzeitigem Hupen, ein dunkelblauer Golf fuhr laut aufheulend weiter, während das andere Fahrzeug um ein Haar die parkenden Autos gerammt hätte und vorsichtig wieder seine Fahrt fortsetzte. Freddy schaute dem Golf hinterher, notierte sich auf seinem Handy die Kfz-Nummer.

„Okay, an Zufall will ich so gar nicht glauben", sagte er zu Mike, „mal schauen, was die Jungs vom Revier mir mitteilen, dürfte nur wenige Augenblicke dauern, dann wissen wir, was es mit diesem Golf auf sich hat." Mikes Stirnrunzeln verriet ihm, daß dieser in Sorge sich befand. 'Schön und gut, sie hat uns gezielt angesprochen, kennt uns daher ohnehin bestimmt relativ gut', überlegte der Informatiker. Seine Unsicherheit ließ sich nicht mehr verbergen, zumal Angstschweißperlen auf seiner Stirn langsam nach unten an den Wangen herabliefen. Freddy registrierte dies, ignorierte zugleich die Bedenken seines Freundes.

Ein kurzes Piepen signalisierte ihm, daß eine SMS auf seinem Handy eingetroffen war. Zugleich las er vor.

„Halter konnte nicht ermittelt werden, es handelt sich um keinen Diebstahl, die Nummer gibt es gar nicht, muß in sofern eine Fälschung sein. Die Fahndung nach dem dunkelblauen Golf läuft", las er vor. Jetzt wußten die beiden, daß etwas äußerst Schräges im Spiel war. Nur was? Wieso ließ Chantal solches geschehen, wobei gleichzeitig Mißtrauen aufkommen würde? Freddy und Mike gingen schweigsam nebeneinande her, waren total verunsichert.

Die Auflösung

Gelassen und äußerst entspannt lag Chantal, alle Viere von sich gestreckt, auf ihrem großen Bett, genoß es, mit geschlossenen Augen ihre Genugtuung in vollen Zügen zu genießen. Wieder einmal hatte sie ihr besonderers Potential bewiesen, in wie weit ihre schauspielerische Fähigkeiten ankamen, das Gegenüber ihr jede Rolle abnahm.

Natürlich verhalfen gewisse Ablenkungen wie der dunkelblaue Golf, das Bild vom verruchten Geheimdienst zu bestätigen, jeder Unwissende hatte halt seine ganz eigenen Film- oder Romansequenzen im Kopf, was bei derartigen Treffen ausschlaggebend sein möge, um die Ernsthaftigkeit zu unterstreichen. Obendrein hatte es Chantal sehr gut verstanden, die beiden Ahnungslosen um den Finger zu wickeln.

Unverkennbar hatte sie es geschafft, erst recht Freddy und Mike mit ihrem Wissen über sie zu beeindrucken. Zusammen mit ihrer äußeren, seriösen Erscheinung, ihrem Auftreten, verflog im Nu jedwede Skepsis, bevor sie Fuß fassen konnte. Ganz vertieft in dem Wissen, daß ihre jeweilige berufliche Fähigkeiten gefragt sein sollen, meinte ein jeder, er sei der prädestiniertere, begann zugleich ein kleiner Konkurrenzkampf zwischen den beiden Freunden.

„Weißt du, Mike, wer mit der CIA zusammenarbeiten darf, der muß im Vorfeld schon so einiges geleistet haben, damit die auf einen aufmerksam werden, oder? Und bevor du mir zugleich ins Wort fällst", betonte er auffordernd, „ich als Journalist bin stets mit der ganzen Welt verbunden, während du selbst nur dein begrenztes, berufliches Umfeld kennst." Freddy wußte natürlich, daß Mike dies niemals auf sich beruhen lassen würde, schnell antwortet.

„Ach, Freddy, das mag schon sein, dennoch, unterschätze niemals die Errungenschaften einer rasant technischen Entwicklung, die gerade die Welt revolutioniert, sehr viele Berufe, nahezu die gesamte Wirtschaft in Abhängigkeit zum Computerwesen steht!", erwiderte er und grinste dabei, sich ein stilles Wasser einschenkend.

Plötzlich klingelte es an der Wohnungstür, lang und anhaltend, die beiden schauten sich ein wenig ratlos an, bevor Freddy die Initiative ergriff und vorsichtig die Tür öffnete. Im selben Moment kam ihnen Chantal entgegen, begleitet von einem Fernsehteam, lautes Gelächter verdeutlichte, daß gleich mehrere im Flur standen, die allesamt Mikes Wohnung betraten.

„Hallo ihr beiden, schön euch hier anzutreffen, obwohl wir das ebenso wußten", begann Chantal, wobei der Kameramann gelassen die Begrüßungsszene aufnahm, das Mikrophon über den Dreien in korrektem Abstand schwebte. Mike grinste unsicher in die Linse, während Freddy es sich nicht nehmen ließ, Chantal übertrieben herzlich zu umarmen. Etwas verlegen schaute ein Mittsechziger in die Runde, wies das Team an, einfach alle Geräte abzuschalten.

„Meine Herren, hiermit endet das Experiment, wie sie wohl selbst vielleicht jetzt erkannt haben. Ihre schnelle Bereitschaft mit der vermeintlichen CIA zu kooperieren, zeigt nur zu deutlich, wie blauäugig selbst Menschen in Ihren Berufen über diesen US-Dienst denken, ohne im geringsten zu erahnen, auf was Sie sich dabei eigentlich einlassen. Geheimdienste schnüffeln nicht nur einfach so für ihren Staat herum, wie das gerade in der Welt der Bücher oder des Fernsehens vermittelt wird, sondern leisten ein bösartig zielgerichtetes Vorhaben, bei dem stets der Auftraggeber niemals sämtliche Karten auf den Tisch legt. Der Dienst selbst wird ganz bewußt im Unklaren gelassen, wobei gleichzeitig eine sehr harte Hierarchie herrscht und jedwede Fehlleistung unter Umständen zum Tode führen kann, nicht zufällig, sondern per Befehl und ziemlich sauber. Hinterher halten selbst offizielle Polizeibehörden die Füße still", schildert ihnen der Regisseur.

Chantal pflichtete ihm bei, empfahl sich den beiden erstaunten Freunden noch, reichte ihnen dennoch ihre Visitenkarte, als Sekunden später das Team auch schon wieder die Wohnung verließ.

Charlottes Reise durch die Unendlichkeit

Wer noch genug Kind in sich, möge staunend blicken

„Bitte halte mich fest, trage die Gedanken ganz weit weg in eine Welt voller friedlich denkender Wesen, die Gefühle als das zuzulassen, für was sie ein Leben gestalten mögen, anstatt nur zerstörerisch unterwegs zu sein. Bleibe noch eine lange Weile hier, lenke uns ab, bevor der Alltag zurückkehrt, der so schwer erträglich", waren Charlottes Worte.

Anschließend versank sie in einen tiefen Schlaf, der zunächst nur für eine leere Stille sorgte, ein sorgenfreies Dunkel im unendlichen Raum ewiglichem Nichts. Wer kennt ihn nicht? Ein kurzes Aufflackern wirrer Ahnungen folgte irgendwann, noch war das Bild verschwommen, somit ziemlich unscharf. Eindringlich bemühten sich die forschend neugierigen Stimmen, die im Kopf sich plötzlich meldeten. Was war geschehen, wo befand sie sich?

Zaghaft und äußerst verunsichert öffnete die 24-Jährige ihre Augen, hatte nicht die geringste Ahnung, wo sie sich befand. Jedwedes Zeitgefühl war komplett ausgeschaltet, sämtliche Erinnerungen an ihr Leben waren wie erloschen. Einzige Ausnahme, daß sie noch wußte, wie sie hieß. Was hatte Charlotte bloß bisherig durchlebt, wo war sie aufgewachsen, wer ihre Familie? Viele Fragen schossen ihr durch den Kopf, sie staunte, ob ihrer Kleidung, die sie trug. Irgendwie meinte sie zu wissen, diese hätte mit ihr selbst nichts gemein. Zu mehr reichte ihre Intuition nicht aus.

Dann erst registrierte sie ihre nähere Umgebung. Langsam richtete sie sich auf, hatte wohl im Moos geschlafen, wunderte sich über die Eiskristalle, spürte plötzlich die Kälte, die sie umgab, welche vorher ihr wohl keinerlei Beschwerden zugefügt hatte. 'Wo bin ich nur hingeraten, und vor allem, warum liege ich hier draußen in der freien Natur, mutterseelenallein', fragte sich die Schwarzhaarige, strich ein paar Erdpartikel vom violettfarbenen Overall. Gerade wollte Charlotte aufstehen und die Umgebung betrachten, als sie in Ohnmacht sank.

Diesmal flackerte ein Restfunken Bewußtsein auf, gerade soviel, um zu bemerken, was geschah. Sie flog in unvorstellbarer Geschwindigkeit durch einen Raum, den sie keinesfalls einzuordnen vermochte, zumal die Landschaft um sie herum mehr aus grell aufblitzenden Farben bestand, verschwommen dahinsauste. Gleichzeitig fiel ihr eine bestimmte Enge auf, die sie dennoch nicht bestimmen konnte. Befand sie sich in einer Art Fahrzeug, war ihr Körper aufgelöst und nur ihr Geist empfand die Eindrücke?

Charlotte überkam eine gewisse Ratlosigkeit zusammen mit einem kindlichen Erstaunen, welches es hervorragend verstand, eine wachsende Unsicherheit nahezu spielerisch auszugleichen. Das half ihr ungemein, dem Geschehen sich gelassener hinzugeben. 'Na und, dann ist das halt jetzt so, einfach als Film betrachten, dann kann ich es wohl besser verkraften', entschied sie für sich und lehnte sich zurück. Im selben Moment fiel sie ins Bodenlose.

Zeit ist alles andere als relativ

Aber warum nur bodenlos? 'Ich brauche Halt, wieso spüre ich keinen direkten Kontakt mit irgend etwas Festem? Ich kann doch gar nicht fliegen, und überhaupt, wo bin ich nur, kann nichts sehen?', fragte sich Charlotte, um im nächsten Moment offenen Mundes nur noch zu staunen, was ihr da urplötzlich begegntete.

Dabei fiel ihr gleichzeitig ein, so oft schon in Berichten gelesen hatte von Menschen, bei denen sich während des Ablebens ein Teil des eigenen Lebens wie ein Film in sekundenschnelle vor deren geistigen Augen vorbeiraste. Aber sie lebte doch, es bestand keinerlei Anlaß, der einen herannahenden Tod rechtfertigte, außer diesem Gefühl des bodenlosen Fallens.

Viel länger vermochte sie auch nicht mehr darüber zu grübeln, weil die vorbeiziehenden Ereignisse ihre ganze Aufmerksamkeit beanspruchten. Irgendwie beschlich sie das Gefühl, daß das Geschehen letztlich eine Art Botschaft bedeuten könnte. Krampfhaft bemühte sich Charlotte, parallel möglichst viel an Einzelheiten im Kopf zu speichern, zwecks Abrufs zu einem späteren Zeitpunkt. Apropos Zeit, die schien hierbei keinerlei Bedeutung zu haben, weil die unterschiedlichen Sprünge ohnehin ihr viel eher näherbrachten, daß Mensch kleingeistig befangen war in seinem Wirken auf Erden.

Eine Sightseeing-Tour quer durch unsere Epochen, vom Altertum ins Mittelalter, von Zeiten, als es noch keine Homo sapiens gab, bis hin weit in eine schrecklich düster-leere Zukunft, stellte sie staunend fest. Vor allem, wieso sah sie dennoch sich selbst nicht im geringsten, weder ihren Körper noch irgendetwas materielles, sondern lediglich Filmabläufe, die verblüffend der Fernsehwelt ähnelten, nur daß Gerüche, Regen, Schnee oder Geräusche täuschend echt wirkten?

Ratlos schloß sie ihre imaginären Augen, was ihr Geist, der zumindest präsent war, keineswegs duldete, sie war den Ereignissen um sich herum trotzdem ausgesetzt, konnte sich nicht einfach entziehen. Auf einmal schien sie für eine Weile länger an einem Ort gebannt, so daß ihrer Aufmerksamkeit mehr Einzelheiten haften blieben. Erneut konnte sie nur erahnen, wo und in welcher Zeit sie sich wohl befand. Dabei stellte sie abermals fest, wie unwichtig dies eigentlich war, daß Mensch ständig sich krampfhaft an ihr „festhielt".

Lauter Fels umgab sie, was nicht weiter störend wirkte, weil direkter Kontakt nicht vorhanden war, so auch nicht mögliche Gefahren irgendwo hinter dem nächsten Stein auflauern könnten. Andererseits spürte sie nur zu deutlich, eben nicht allein hier zu sein, viel mehr noch andere Wesen ganz in der Nähe verweilten, die sich halt bloß nicht zu erkennen geben wollten. Ganz zaghaft, aber dennoch frohen Mutes, wagte sie einen Versuch.

„Wer auch immer hier sein möge, bitte gib dich zu erkennen. Kannst du oder könnt ihr mich sehen?", fragte Charlotte ganz ruhig mit fester Stimme.

Am Ende zählt nur, im Einklang in allem zu sein

Was daraufhin folgte, verschlug ihr zunächst die Sprache, zu irrational erschien ihr die Reaktion. Gleichzeitig erhoben mehrere Personen die Stimme, obwohl sie niemand sehen konnte, auch kein Lautsprecher oder ähnliches vorhanden war. Charlotte drehte sich mehrmals um sich, schaute hektisch mit bohrenden Blicken die Umgebung ab – nichts. Und doch erklangen die Stimmen ziemlich präsent, ganz nah.

Es dauerte eine Weile, bis sie begriff, was da ihr begegnete, sie gar Satzfragmente zu unterscheiden vermochte.

„Lauter kleine Kinder laufen mir hinterher... Wieso hat uns das Jüngste Gericht dermaßen brutal bestraft?.Bitte, verschont doch die alten, kranken Menschen, sie haben Euch doch nichts getan...Meine Mutter spuckt Blut, wer kann ihr helfen?... Hilfe!", und meist ähnlich schreckliches drang an ihre Ohren.

Trotzdem stand sie völlig perplex und mit der Zeit erstarrt nur noch sehr steif, hellwach, jedoch einer Ohnmacht nahe in der Landschaft, realisierte die Tragweite ihrer Hilflosigkeit. Tränen liefen ihr Gesicht hinunter, von einem tiefen Schluchzen begleitet. Mit all ihrem Mut raffte sie sich auf und schrie ihnen allen entgegen: „Aufhören, sofort, ich kann sowieso nicht helfen. Wieso beklagt Ihr Euch vor mir, die ich hier ohnehin nichts ausrichten kann, Euch nicht einmal sehe?"

Keinerlei Antwort erfolgte, sondern vielmehr ein plötzliches Verstummen, im nächsten Moment befand sich Charlotte erneut auf Sight-Seeing-Tour durch die Menschheitsgeschichte, nahm es wesentlich gelassener, genoß förmlich jenes vertraute Gefühl einer gewissen Geborgenheit. Gleichzeitig wurde ihr jetzt mit Abstand zu den unruhigen Stimmen bewußt, daß sie jede einzelne eigentlich kannte bzw. zumindest erkennbar wußte, was es auf sich hatte mit ihnen. Mit diesen neuen klaren Gedanken schloß sich für sie ein innerer Kreis etlicher Fragen, die mit einmal dadurch beantwortet zu sein schienen.

Na, klar doch, es waren sowohl ihre Vorfahren als auch die in der Zukunft sich befindenden Nachfahren, denen sie an jenem Ort begegnete. Mit einer fast lässigen Handbewegung fuhr sie sich übers Gesicht, wischte die Tränenspuren weg, um ziemlich scharf eine wunderbare weiße Feder vor sich im Gras liegend zu beobachten. Kein Lüftchen störte dieses Bild, allerdings bemerkte sie zwei kleine Wassertropfen am Federflaum, die kurz davor waren, ins Grün zu fallen.

Das Märchen vom Gasbar ohne Furcht und Tadel

Drei Wünsche und ihre Folgen

Es war einmal ein ausgewachsener, stattlicher Karthäuser namens Gasbar, der so gar nicht wußte, wohin des Weges, weil in einer stürmischen Novembernacht er seine Eltern und Geschwister verloren hatte, eine umfallende Rotbuche sie urplötzlich trennte. In Erinnerung ward ihm geblieben das laute Knacken der großen Äste, die beim Aufprall zerborsten, das dumpfe Dröhnen des mächtigen Stammes, der um ein Haar ihn selbst erschlagen hätte, er nur noch mit einem schnellen Sprung sich retten konnte, in einer tiefen Pfütze landete und mit Müh und Not mehr paddelnd als schwimmend dem Ertrinken entkam.

Danach trotz seines naßen Felles Gasbar in langen Sätzen das Weite suchte, schließlich Schutz in einem Holzlager fand. Dort kauerte der Entronnene, hörte das Brausen des Sturmes, auch wie andere Bäume entwurzelt herniederkrachten, den prasselnden Regen auf dem Wellblechdach des Lagers und leckte intensivst sein graues Fell. So richtig durchnäßt bis auf die Haut war er dennoch nicht, weil seine fettige Unterwolle ihn vortrefflich schützte.

Mit seinen großen bernsteinfarbenen Augen schaute Gasbar sich um, konnte aber niemand entdecken, außer ein Mäuschen, welches schnellstens laut piepsend im nächsten Loch verschwand. Aber der Kater hatte ohnehin keinerlei Appetit, verspürte nicht den Drang ihm nachzustellen, zumal ihm bewußt wurde, daß er soeben seine komplette Familie verloren hatte, er mutterseelenallein hier saß.

Als er einsam vor sich hingrübelte, hörte er auf einmal ein merkwürdiges Geräusch, welches er so gar nicht einzuordnen vermochte. Menschenwesen hätten dies mit Sicherheit nicht bemerkt, aber Katzen empfangen selbst leiseste Geräusche, spüren sie und können auf diese Weise Gefahren bemerken oder Beute erkennen, um sie zu fangen. Es handelte sich dabei um ein schnelles Flügelschlagen ähnlich wie bei einem Schmetterling, nur begleitetet mit einem blechernen Klang. In der Welt der Katzen gab es keine Drohnen, in sofern schloß Gasbar solche Möglichkeiten aus, was sowieso im nächsten Moment sich offenbarte. Eine winzige goldenleuchtende Elfe landete in sicherer Entfernung auf einem dicken Spinnwebfaden, der sie dennoch trug, so federleicht war ihr Körpergewicht.

„Sei gegrüßt, Gasbar, aus dem Hause der Webers, die inzwischen wohlbehalten in einem Krankenhaus der nahegelegenen Stadt untergebracht. Der Sturm hat das Dach abgedeckt, den Hauseingang zerstört, weil ein dicker Eichenstamm hineingeschleudert wurde. Keine Sorge, mit nur leichten Blessuren kamen sie davon", begann die Elfe mit zarter, sehr hoher Stimme zu berichten, woraufhin Gasbar sich erstaunt aber ehrfurchtsvoll verneigte, wußte er doch zu genau aus den Erzählungen seines Urgroßvaters, wie liebevoll und hilfreich Elfen waren.

Während die meisten Menschen jene als Hirngespinst oder Ammenmärchen abtaten, vereinzelte Kinder oder junggebliebene Menschen jedoch zumindest deren Existenz nicht ausschlossen, ganz wenige sie gar zu Gesicht bekamen, der ein oder andere Kontakt bestand, fristeten die Elfen ein stilles Dasein im hektischen Treiben dieser chaotisch gestreßten Welt, die vielfach von Menschenhand zerstört stets versuchte, sich zu regenerieren.

„Ich heiße Daringia", fuhr die Elfe fort, „und möchte dir angesichts deiner Notlage drei Wünsche anbieten. Überlege bitte sorfältig, bevor du sie vorschnell äußerst, denn jeder formulierte Wunsch wird ausgeführt, egal wie unsinnig er auch sein mag. Einzige Bedingung: Rachegedanken, jedwede Gewalt oder Zerstörung werden nicht erfüllt!"

Gasbar war völlig perplex, allein schon was ihre wunderschöne Erscheining betraf, ihre liebliche Stimme und erst recht vom Angebot der drei Wünsche. Gerade noch rechtzeitig hielt er inne, denn er wollte schon leichtfertig einen allzu harmlosen, nicht vielversprechend hilfreichen Wunsch äußern, um ihn im selben Moment zu verwerfen. Nach einer Weile antwortete er ihr.

„Herzlichsten Dank, Daringia, ich bin hellauf begeistert, daß du mich aufgesucht. Mein erster Wunsch lautet, daß dieser harte Sturm augenblicklich endet." Kaum ausgesprochen waren die dunklen, tiefen Regenwolken verschwunden, ein sternenklarer Himmel ward zu sehen und ein freundlich blickender Halbmond erleuchtete das helle Holz im Lager, kein Lüftchen wehte mehr. Der Karthäuser staunte nicht schlecht und zögerte nicht lang.

„Mein zweiter Wunsch wäre, daß das Haus der Familie Weber wieder ganz ist." Zugleich staunten die Nachbarn nicht schlecht, daß wie von Zauberhand das Dach der Webers wieder im tadellosen Zustand, der Hauseingang wie eh und je aussah. Gasbar selbst, einiges weiter entfernt, konnte dies nur erahnen, glaubte aber an die Fähigkeiten der Elfe.

„Und zum Schluß, mein dritter Wunsch. Ich möchte jetzt bei meiner Familie sein." Im nächsten Moment befand sich Gasbar in einem stockdunklen Raum, die Luft war äußerst stickig, und doch roch er den typisch verwesenden Geruch von Tierleichen.

Gefährliche Gratwanderung erfordert Weitsicht

Gleichzeitig störte Gasbar diese unheimliche Stille, wurde ihm schnell klar, daß im engen Raum seine drei Geschwister und Eltern lagen, allesamt tot waren. Nach intensiver Prüfung bemerkte er, daß wohl heimtückische Leute sie umgebracht haben mußten, weil derartige Verletzungen nicht vom Sturm herrühren konnten. Zum ersten Mal in seinem Leben machte er die schreckliche Erfahrung, wie bösartig Menschen wohl doch sein konnten. Er erinnerte sich an Erzählungen seiner Großmama, die ihn oftmals gewarnt hatte, auf der Hut zu sein, jedwedes Vertrauen zu den Homo sapiens nicht ganz so vorschnell entstehen durfte.

In der gegenüberliegenden Ecke des Raumes, also fernab der Toten, entdeckte Kater Gasbar eine Öffnung in der Decke, wahrscheinlich groß genug, um dort durchzuschlüpfen, wie er vermutete. Kurzentschlossen schob er mit all seiner Kraft einen schweren Karton darunter, sprang auf diesen, hangelte sich hoch und ward bereits zur Hälfte im Loch, als eine Tür laut quitschend heftigst geöffnet wurde. Wer auch immer den kleinen Raum betreten hatte, zu spät, der Karthäuser befand sich längst in Sicherheit, robbte im Luftschacht bis an dessen Ende, stieß mit seinem Kopf das Lamellen-Gitter nach draußen, welches glücklicherweise nicht verschraubt, sondern lediglich gesteckt war und fiel wohl gut vier Meter nach unten, bis er mit allen vier Pfoten sicher auf feuchten Betonboden landete.

'Entkommen aus dem Leichenraum', schoß es ihm durch den Kopf und er atmete erleichtert auf, um dennoch schnellstens die Lage zu inspizieren. Katzen haben stets alles gern im Blickfeld, suchen blitzartig nach Fluchtwegen, weil sie niemals unbekannten Feinden hilflos ausgeliefert sein möchten, ihr Freiheitsdrang genau dies verlangt.

Sofortigst wußte er, daß hier keinerlei Hindernisse ihn erwarteten, im Gegenteil, überall gab es Möglichkeiten, im Notfall zu entkommen. Somit trottete er ziemlich lässig trotz des kürzlichen Erlebnisses auf ein angenehm wirkendes Haus zu, erinnerte sich dabei an seine verstorbene Familie, ärgerte sich kurz gar über seinen zu schnell formulierten Wunsch der Elfe Daringia gegenüber, um im nächsten Moment den Frust abzuschütteln.

'Was soll's, auf diese Weise weiß ich wengistens, was mit meiner Familie geschehen', dachte er noch, obwohl er trotzdem ziemlich wütend auf jene Menschen war, die solch ein Verbrechen begangen hatten. Aber Gasbar sann keinerlei Rache, weil er wußte, es würde sie nicht wieder lebendig machen. Jetzt galt es, nach vorne zu schauen.

Je näher der Kater dem Haus kam, desto vorsichtiger und auch daher langsamer, gezielter waren seine Schritte. In geduckter Haltung, jederzeit bereit zum Sprung, begab er sich zu einem hell erleuchteten Fenster ohne Vorhänge und Gardinen, sprang elegant auf das Fensterbrett und spähte hinein. Im nächsten Augenblick meinte Gasbar, sein Blut würde in den Adern gefrieren, dermaßen schockierte ihn das Geschehen im Raum, der viel eher als ein großer Saal sich entpuppte. Soviele Katzen in Käfigen hatte er sein Lebtag noch nie gesehen, geschweige denn gewußt, daß es Menschen gab, die skrupellos seine Artgenossen einsperrten.

Ein gefährlich scharfer Luftzug hinter seinem Nacken verriet ihm gerade noch rechtzeitig die aufkommende Gefahr, mit zielsicherem Satz sprang er einer Sprungfeder gleich nach oben, krallte sich sofort am oberen Blendrahmenholz fest, zog sich mit einem Ruck selbst in die Höhe, um gleichzeitig beim nächsten Sprung auf dem Fenstersims der ersten Etage zu landen. Der verblüffte ältere Herr weit unter ihm fiel der Länge nach hin, ein großes Fangnetz in der rechten Hand, welches er losließ, um sich aufzustützen. Gasbar lachte ihn zu Recht aus, rannte aber sicherheitshalber in Windeseile von Fenster zu Fenster, die ziemlich dicht beieinander lagen, erreichte einen Ahornbaum, dessen großen Äste ihm eine sichere Brücke boten und war bereits gut getarnt fast ganz oben in dessen Krone, bevor der Alte wieder aufgestanden. Fluchend schlurfte dieser zurück ins Haus.

Gasbar schnaufte tief durch vor Erleichertung, soeben diese Gefahr gemeistert zu haben. Dabei schärfte er an der glatten Rinde des Laubbaumes seine Krallen, weiterhin den Hauseingang im Visier. Doch der Greis tauchte nicht mehr auf, eine Taube flatterte laut gurrend von der Dachrinne in Richtung der nahe stehenden Kirche, um auf dem Wetterhahn sich zu platzieren. In weiterer Entfernung hörte der Kater ein Martinshorn und zwei hupende Autos.

Irgendwie war er heilfroh hier oben, mußte aber an das traurige Schicksal der Katzen in den Käfigen denken, sann nach, welche Möglichkeiten es vielleicht gab, ihnen zu helfen, sie gar zu befreien.

Eine beispielhafte Befreiungsaktion

Langsam begann es zu dämmern, Nebelschwaden stiegen auf, während der Glockenschlag der Kirchturmuhr zur vollen Stunde sieben Mal erklang, ein Rabenpärchen drüben im Park sich laut krächzend neckte. Gasbar krümmte und streckte sich ausgiebig, um im nächsten Moment routiniert rückwärts den Ahornstamm nach unten zu steigen. Gerade wollte er das letzte Stück mit einem Sprung abschließen, als er jäh inne hielt, gerade noch rechtzeitig stoppte.

Unten saß recht aufmerksam ihm entgegenblickend eine rothaarige Katze mit wunderschönen blauen Augen. Da sie keine Anstalten machte, ihn anzulauern, stieß Gasbar nunmehr ab und vollendete elegant, landete einen knappen Meter neben ihr.

„Nanu, wen haben wir denn hier, du wunderschönes Tier?", begann Gasbar voller Verwunderung sie zu bezirzen, „in etwa verlaufen? Oder wolltest du mir entgegenfiebern. Ich heiße übrigens Gasbar, konnte gerade so dem Sturm entkommen." Die Rothaarige schaute ihn ziemlich verwundert an, lief in einem großen Bogen um ihn.

„Hallo Gasbar, ich bin die Jolie und frage mich gerade, von welchem Sturm du sprichst. In den letzten Tagen hatten wir eher ruhiges Spätherbstwetter. Und wieso schläfst du des nachts auf einem Ahornbaum? Es gibt sicherlich bequemere und vor allem wärmere Plätze, oder?", erwiderte Jolie und stand sehr nah vor ihm, schaute in dessen bernsteinfarbene Augen. Gasbar hingegen war sichtlich angetan von ihr, schmolz nahezu dahin über dieses rothaarig, rassige Wesen, hatte sich somit Hals über Kopf in sie verliebt. Natürlich bemerkte dies Jolie, genoß dieses Gefühl der Anhimmelung in vollen Zügen.

Jedoch wurden sie plötzlich unterbrochen, aus dem Haus mit den vielen Fenstern und dem Saal gefangener Katzen stürmte der alte Mann, der noch Gasbar fluchend fangen wollte, richtete eine Gewehr auf sie. Im allerletzten Moment hechtete das Traumpaar hinter eine nahestehende Mauer, rannte weiter über einen Hof und verschwand durch ein unscheinbares, offenes Kellerfenster.

Sie befanden sich in einem ehemaligen Kohlenkeller, in dem allerlei Sperrmüll lag, hatten beide Glück gehabt, weil direkt unter dem Fenster ein großer Glasscherbenhaufen lag, sie aber knapp diesen beim Sprung verfehlten.

„Oh, Jolie, endlich komme ich dazu, mich zu erklären. Ich weiß gar nicht, wo ich anfangen soll. Hm. Heute Nacht stürmte es tatsächlich ganz heftigst, das Dach meiner Menschenfamilie, den Webers, wurde ein Stückweit abgedeckt, sie verletzten sich sogar teilweise, kamen ins Krankenhaus. Ich selbst konnte mich gerade noch retten, suchte das Weite, bis mir eine Elfe namens Daringia begegnete", erzählte er Jolie aufgeregt, „diese bot mir Hilfe an, sie würde mir drei Wünsche erfüllen. Obwohl sie mich vorher belehrte, sprach ich ziemlich leichtsinnig und viel zu schnell sie aus." Gasbar zögerte extra, um ihre Neugier herauszufordern.

„Und was hast du dir gewünscht, mein Süßer?", fragte sie, kam ihm sehr nah, umarmte ihn dabei liebevoll. Gasbar wollte schon sich gehen lassen, besann sich aber, um fortzufahren.

„Bei meinem ersten Wunsch sollte der Sturm sofort enden, beim zweiten das Haus der Webers so ganz sein wie vorher und als ich meinen dritten Wunsch aussprach, ich wolle bei meiner Familie, meinen Eltern und Geschwistern sein, befand ich mich im nächsten Moment in einem sehr kleinen Raum, wo sie alle tot dalagen, konnte mich gerade noch befreien, bevor ein Mann mich aufgriff." Jolie schaute ihn bestürzt an, tröstete ihn innigst.

„Das tut mir aber sehr Leid für dich. Dennoch, wieso hast du dann den Ahornbaum bestiegen?", fragte sie. Er erzählte ihr von dem großen Saal und den vielen Käfigen, in denen Katzen gefangen sich befanden.

„Ah, jetzt verstehe ich", sagte Jolie, „da kann ich dich beruhigen, nichts leichter als das. Wir werden sie allesamt befreien, laß mich mal machen." Dabei lächelte sie ihn an, forderte ihn auf, ihr zu folgen. Forschen Schrittes begaben sie sich zu einem großen Platz, wo die Kirche war. Ein herzzerreißender Schrei folgte aus ihrer Kehle. Kurz darauf erschienen jede Menge Katzen, Gasbar hörte nach fünfzig gezählten auf, wußte am Ende, daß es wohl weit über hundert sein mußten. Jolie berichtete von dem Haus mit den gefangenen Artgenossen und niemand zögerte auch nur eine Sekunde, nicht helfen zu wollen.

Als sie das Haus erreichten, ward der alte Mann nicht zu sehen. Sicherheitshalber teilte sich die Katzenschar auf. Einige schauten vom Fenster in den Saal, andere postierten sich rings ums Haus, um notfalls Alarm zu schlagen, der Großteil ging gezielt hinein, da die große Haustüre nicht abgeschlossen war. Selbst die Tür zum Saal war sperrangelweit geöffnet, die Häscher waren sich ihrer Sache allzu sicher, weil die Katzen in den Käfigen sich befanden, ohnehin nicht entkommen konnten.

Trotzdem blieben einige Katzen im Flur, um aufzupassen, während ihre Kollegen nach und nach die Käfigtüren öffneten und die Gefangenen freudig herauskamen. Ein heftiges Fluchen ließ sie allesamt ganz kurz erstarren, Gasbar und seine neuen Freunde stürzten sich voller Wut auf den alten Mann, der schon das Gewehr zum Schießen angehoben hatte. Im nächsten Moment entglitt ihm dieses, vier Katzen schleiften es weg, mehrere zerkratzten ihm Gesicht und Hände. Keine zwei Minuten dauerte die Befreiungsaktion, dann waren alle draußen unterwegs, begaben sich in den Kirchpark.

Große Freude herrschte untereinander, Jolie und Gasbar sahen sich liebevoll an, sprangen auf einen großen Stein und verkündeten ihren Freunden, daß sie schon sehr bald sich vermählen würden. Alle stimmten fröhlich zu und verabredeten sich, gern dann mit zu feiern. Ganz oben, in einer Kastanie hing ein altes, leeres Vogelhäuschen, dort saß die Elfe Daringia und schaute ihnen erstaunt zu. Und wenn Gasbar und seine Frau Jolie nicht gestorben sind, dann leben sie noch heute.

Das Märchen von der heilen Welt in den Köpfen manch Gutgläubiger

An einem schönen Frühlingstage, die Sonne hatte gerade ihre ersten wärmenden, goldgelben Strahlen gen Pflanzenblüten gesendet, die diese wie im Rausche dankbar aufsaugten, in der fröhlich zwitschernden Vogelwelt längst dieser Augenblick schon seit Stunden unüberhörbar von ihnen erwartungsvoll verkündet wurde, rannte eine junge Frau wild gestikulierend ins Geschehen, stolperte über einen dicken, morschen Ast, den der letzte Herbststurm einer alten Eiche entrissen hatte und fiel der Länge nach hin.

Hier draußen am Waldrand, wo eine ausladende Blumenwiese und etliche Bäume aufeinander trafen, dieser fließende Übergang zwischen Graslandschaft und Laubgehölz einer Vielzahl von Tieren ein Zuhause bot, dort lag sie nun, völlig abgehetzt, verzweifelt und in schier grenzenloser Trauer erst leise schluchzend, um kurz darauf lauthals hemmungslos den Tränen freien Lauf zu lassen. Was war geschehen, daß Lisa bis hierher rannte, weinend im feuchten Gras lag? Sie ließ die letzten zurückliegenden Ereignisse in ihrer Erinnerung vorbeiziehen, vielleicht auch, damit sie mehr Klarheit erhielt.

Es begann am gestrigen späten Abend, sie hatte just die Spülmaschine ausgeräumt, als ihr ein Glas aus der Hand glitt, sie spontan nach diesem griff, aber nicht bemerkt hatte, daß es längst auf den Bodenfliesen zerschellt war. Erst ein scharfstechender Schmerz holte sie zusammenzuckend, aufschreiend zurück aus gedankenlosem Handeln, weil eine große Scherbe ihren rechten Daumen tief verletzte. Für einen kurzen Moment ward ihr schwarz vor Augen, doch gezielt routiniert begab sie sich zum Verbandskasten im Badezimmer, wusch kurz die Wunde am Waschbecken aus und versorgte sie mit einem Pflaster.

Und dann fiel ihr plötzlich wieder die schier aussichtslose Lage ein, in der sie sich befand. Der Traum vom sorglosen Leben war mittags Knall auf Fall geplatzt. Nie zuvor hatte sie auch nur ansatzweise damit gerechnet, eine solch berufliche Position verlieren zu können. Doch die Firma schien nicht im geringsten bemerkt zu haben, mit welch perfiden Methoden sämtliche Ideen, Erfindungen, das gesamte Know-how auspioniert worden war. Nur der Firmenchef und dessen rechte Hand hatten das endgültige Aus kommen sehen, für sich behalten und erst am Ende den Mitarbeitern reinen Wein eingeschenkt.

Tagtäglich fanden vor den Augen aller Wirtschaftsverbrechen statt, aber Lisa hatte stets gemeint, solches möge anderen widerfahren, sie selbst lebe ihr sorgenfreies Leben, um es in vollen Zügen zu genießen. Zwar gehörte sie ebenso zu den ständig umherflatternden Singles, die sich einfach nicht binden wollten, dennoch war sie glücklich und zufrieden in sich ruhend bisherig gewesen, den ein oder anderen Mann für kurze Zeit liebend. Innerhalb ihres kleinen Freundes- und Bekanntenkreises galt sie stets als offenherzig, anziehend sympathisch, mit einer gewissen erotischen Ausstrahlung, begleitet von kühler Beherrschtheit, eine ideale Voraussetzung für eine unnahbar distanzierte Autorität, die sie ziemlich geschickt einsetzte.

Doch jetzt war alles durcheinandergewirbelt, lag sie hier im Gras und begriff, was ihre kleine heile Welt bisherig bedeutet hatte. Auf einmal gab es keine Sicherheit mehr, dem hohen Gehalt würde eine Zeit der Entbehrungen folgen, wie Lisa nur zu genau wußte, weil ihre berufliche Spezialisierung zu selten da draußen gesucht wurde, ein schneller Anschluß eben nicht gewährleistet war. Aus der Traum von unabhängigem Dasein, alleingelassen mit sich und den aufkommenden Existenzängsten, obendrein keine hilfreich liebende Schulter an der Seite, wo sie hätte Trost finden können.

Ein brennender Schmerz holte sie zurück in die Gegenwart. Mehrere Ameisen liefen über ihre langen Beine auf dem Weg gen Slip. Natürlich raffte Lisa sich sofort auf, wischte die Insekten gezielt ab und schaute sich etwas genauer um. Zunächst vermittelte die Umgebung durch das untrügerisch erscheinende Gras, die Bäume genau das zu zeigen, was sie zu sein schien: eine unberührte Natur. Aber je länger und intensiver Lisa hinschaute, desto deutlicher bemerkte sie eine zunächst unbestimmte Schwingung, die sie folglich nicht einordnen konnte. Irgend etwas stimmte hier nicht, schoß es ihr noch durch den Kopf, als im nächsten Moment ein ohrenbetäubender Knall ihr fast das Trommelfell zum Platzen brachte. Sie hatte zwar blitzartig, völlig entsetzt beide Hände vor ihre Ohren gehalten, dennoch konnte sie anschließend keinen Laut mehr hören.

Was war geschehen? So gänzlich ohne Gehör schaute sie sich genauer um, kroch durchs Gras, eine alte, mächtige Buche im Visier, um dort erst mal Schutz zu suchen. Ein verbrannter Geruch verriet Lisa, daß da irgend ein Tier Opfer dieser Explosion wurde, einen Menschen hätte sie wohl noch rechtzeitig bemerkt, überlegte sie. Vorsichtig lugte sie hinter dem Buchenstamm hervor und gewahrte einen ausgewachsenen Eber, der allerdings halb zerfetzt keine zwanzig Meter von ihr in einer Brombeerhecke hing. War er etwa auf eine Mine getreten, grübelte sie. Und das am Waldrand, wo doch zuvor bestimmt etliche Tiere und manch Menschen auch mal hierher gingen? So viele Fragen, die sich Lisa schlagartig stellte, blieben unbeantwortet. Niemand war zugegen, ohnehin ihr Leben scheinbar aussichtslos vor ihr lag. Und trotzdem nahm sie eines mit, bevor sie sich sammelte, um zurück zu gehen.

Vieles erschien in geordneten Bahnen zu laufen in unserer heilen Welt, solange wir dem Alltagstrott folgten. Aber wehe, wir brachen mal aus oder bestimmte Umstände führten uns auf andere Wege, weil wir der Wirklichkeit entfliehen wollten. Dann wurden noch wachen Geistern die Augen geöffnet, wer denn durch Schicksalsschläge erst Fingerzeige erhielt.

Der einsame Wolf und das Mädchen Lia

In der Ruhe liegt die Kraft

Mitten im Sommer, wenn das Grün der Bäume bereits uns dunkler erscheint, die Hundstage ihrem Ende zusteuern und mit ihnen die heißen Tage, morgendliche Herbstdüfte die Nasenflügel umwehen, eine gewisse Wehmut verbreiten, weil noch vieles erlebt werden wollte, genau dann erschien Lia mit einem mal ihr ein gänzlich unbekanntes Wesen: ein einsamer Wolf.

Dieser trat nicht mit stolz geschwollener Brust vor sie hin, als sie Rotkäppchen gleich des Weges ging, vielmehr entdeckte Lia ihn weit entfernt zwischen zwei mächtigen Rotbuchen ruhend, sie beobachtend. Das neunjährige Mädchen war just im Begriff, sich ihre Laufschuhe zu binden, beim Joggen hatte sich ein Schnürsenkel geöffnet, und sah unvermittelt das grau-braune Tier. Instinktiv schaute der Wolf ebenso auf, ihre Blicke trafen sich.

Eine Welle der Entspannung durchfuhr Lia, sie vermochte sich kaum zu bewegen, nicht etwa aus Angst, sondern eher aus Ehrfurcht und der Entdeckung, daß er zu ihr sprach. Jedoch nicht wortwörtlich, eine angenehme Stimme erklang in ihrem Kopf.

'In diesem Wald hab ich mich hier kurz zur Ruhe gelegt, bin schon viele Kilometer lang unterwegs, ohne zu wissen, wohin es mich treibt. Hab keine Furcht, Lia, wundere dich nicht, woher ich deinen Namen weiß, meine Kontakte erlauben mir, vieles bereits zu kennen. Nenn mich einfach Stolja, wenn du magst ', vernahm das Mädchen.

Lia schaute sich unsicher um, konnte ihn nicht mehr sehen und erschrak fast zu Tode, weil er einfach plötzlich neben ihr stand. Seine Größe irritierte sie, er war höher wie jeder Schäferhund, auch länger und hatte wunderschöne, hoch aufgestellte Ohren und einen buschigen Schwanz.

„Wieso hast du kein Ziel, Stolja?", fragte sie ihn, „und überhaupt, wo befindet sich deine Familie, dein Rudel? Ihr Wölfe lebt doch meist nicht allein." Ziemlich aufgeregt schaute sie ihn an, wagte sogar, ihn vorsichtig zu streicheln.

Der einsame Wolf gab ihr zu verstehen, daß er seine Nächsten verlassen mußte, das gesamte Rudel sich auf der Flucht befand, weil die Menschen wieder einmal meinten, Wölfe seien gefährlich, würden nur andere Tiere reißen und wildern. Einige mußten bereits ihr Leben lassen, wurden kaltblütig erschossen. Lia wußte aus Büchern und Erzählungen ihrer Oma, wie die Mär vom bösen Wolf entstanden, obwohl gerade Wolf und Mensch durchaus eine gemeinsame Entwicklung vollzogen hatten, es gar innige Freundschaften gab.

Dies alles erzählte sie Stolja, bat ihm zutiefst um Verzeihung, was ihre Spezies seinem Rudel angetan. Der einsame Wolf bedankte sich herzlichst, wünschte ihr alles erdenklich Gute, betonte, sie möge sich nicht weiter sorgen, er wisse jetzt, was seine Aufgabe. Ein fragender

Blick ihrerseits entlockte ihm die Antwort: zurück gen Osten, das Rudel finden und den Weg der Distanz zum Menschen wieder einschlagen, weil dieser noch längst nicht so weit sei, in friedlicher Koexistenz mit ihm zu leben. Ausnahmen wie sie, würden die Regel bestätigen.

Dornburg - als rätselhafte Kräfte ihm begegneten

Roberts Schilderung beim Besuch von Kelten-Gräbern

Es gab sie noch, und zwar zahlreicher als manche vermuteten, die Orte der Kelten. Und jedes Mal, wenn Robert sie besuchte, spürte er eine Verbundenheit, die ihm eindeutig signalisierte, daß er in einem seiner früheren Leben mit ihnen zusammengewesen sein mußte.

Hier im Westerwald gab es die Dornburg, die längst nur noch ein einziger Steinhaufen war, zerfallen, zerstört wurde. Am Südwesthang der Burg befand sich eine alte Gräberstätte, die kaum jemand kannte. Sie wurde auch in keiner Weise respektiert. Dies sah man überdeutlich daran, daß sie selbst die Oberkante eines der größten Basaltabbaugruben bildete. Somit wurde nach und nach diese alte Kultstätte unterhöhlt, bis sie aufgrund von Profitgedanken eines Tages zusammenbrechen würde.

Schon viele Menschen hatten versucht, diese Politik zu verhindern - ohne Erfolg. Robert faszinierte dieser Ort stets, und so gehörte er zu seinen Hundespaziergängen, als er dort noch in der Nähe lebte. Sein damaliger treuer Gefährte, ein Border-Collie namens Brian, begleitete ihn auch an einem wunderschönen, heißen Sommertag zur Dornburg. Unweit der Gräber gab es einen Weg, der schluchtartig aufgebaut war, d.h. rechts und links türmten sich überwachsene Steinhaufen und mittig konnte man laufen, wenn auch mit Mühe, da er weder eben noch überall frei zugänglich war, Sträucher und auch kleinere Bäume behinderten den Gang.

Aus diesem Grund zog er es vor, mit Brian oberhalb zu laufen. Und plötzlich waren da *diese Momente*, die er bis heute nie vergessen konnte. Sowohl Brians als auch seine Nackenhaare, aber ebenso alle auf den Gliedmaßen, standen senkrecht, ein Schauer nach dem anderen durchfuhr ihn. Brian selbst blieb wie angewurzelt stehen, spitzte seine Ohren, und sein Schwanz stand waagrecht in der Luft. Ein Zeichen auf Überwachsamkeit kurz vor einem Kampf. Robert selbst war wie gelähmt, wußte, daß eine enorme Kraft beide umgab, die er aber nicht einzuordnen vermochte. Es lag allerdings eine extreme Bedrohung in der Luft, wie er sie noch niemals in seinem Leben erfahren hatte.

Sein nächster Gedanke war: nichts wie weg. Anfangs konnte Robert nur mit äußerster Mühe sich fortbewegen, als ob diese Kraft ihn mit aller Gewalt zurückhalten wollte. Aber dies wiederum war Ansporn genug, sich ihr zu widersetzen. Etwas hilfreich war dabei Brians Zugzwang. Erst als er unterhalb der Donrburg sich wieder befand, atmete er erleichtert auf.

Natürlich standen etliche Mutmaßungen und Fragen im Raume. Hatte er die Ruhe der Toten gestört? Wollten sie ihn auf Mißstände aufmerksam machen? Dennoch suchte er die Dornburg danach hin und wieder auf, allerdings nie wieder diesen speziellen Weg.

Eine Fahrt ins Blaue dem Meer entgegen

Nur Leichtsinn der Jugend?

Moosgrüne Farbschattierungen spiegelten sich im Glanze des schicken Sportwagens wider, dessen Automarke völlig einerlei, zumal im nächsten Moment das scheinbar idyllische Bild schlagartig verschwand, entzaubert von einer Gruppe Jugendlicher, die sich lautstark pöbelnd Luft machten. Ein Hagerer schmiss voller Übermut einen Hundekothaufen an die Windschutzscheibe der Nobelkarosse.

Die Fahrertür wurde aufgerissen, ein stämmiger Mitt-Vierzigjähriger sprang heraus, erreichte in drei vier großen Hechtsprüngen den Übeltäter und schlug diesem mit der flachen Rechten ins erschrockene Gesicht. Obwohl daraufhin dessen Kumpels die beiden umringten, wagte niemand, den Mann anzugreifen, zu eindeutig entspannt und lauernd zugleich stand dieser abwartend, sie festen Blickes visierend.

Der kleine Harald faßte sich ein Herz und sprach ihn an.

„Ey, Alter, sach mal, haste noch alle Latten am Zaun, unseren Andy eene zu langen?"

„Hab ich. Und nun? Wer will der nächste von euch sein?", entgegnete der Fahrer, wobei er langsam und sehr zielsicher auf seinen Sportwagen sich zubewegte, die Gruppe ihn zunächst gewähren ließ. Rudie wagte es plötzlich, ihn anzuspringen, verfehlte den Fighter aber, weil dieser sich elegant zur Seite drehte, um im selben Moment den Fuß des Jungen fest zu ergreifen, so daß dieser zu Boden stürzte, wimmernd ihn bat, doch loszulassen.

„Ach, warum sollte ich? Nur unter einer Bedingung, Jungs. Ihr holt dort drüben bei der Tankstelle den Scheibenwassereimer, reinigt und trocknet meine Windschutzscheibe, während ich enstpannt in meinem Wagen sitze und alles kontrolliere", forderte er Rudie und die anderen auf. Ein kurzes Kopfnicken der meisten genügte, so daß der Fahrer lässig aber äußerst wachsam in seine Nobelkarosse stieg, die emsig und zügig wieder ihren alten Glanz erhielt.

Anschließend schlenderte die Jugendgruppe eher mißmutig von dannen, George konnte sich ein breites Grinsen nicht verkneifen, startete den Wagen und fuhr gen Autobahn. Im Radio lief gerade Lindsey Stirlings „Beyond the Veil", welches er sehr schätzte, schließlich kannte er ihre Geburtsstadt Santa Ana, die Familie seiner Mutter kam dort her. Gedankenverloren erreichte er die Auffahrt, gab richtig Gas, der Sportwagen überholte problemlos heimkehrende Berufspendler.

Der Journalist freute sich auf seine kurze Auszeit, sehnte sich nach der ewiglich wiederholenden Geräuschkulisse des Meeres, der salzigen Luft, die kaum still hielt, entfacht durch ungebremsten Wind, dem Geschrei der Möwen, den warmen Sand zwischen den Fußzehen.

Träume sind Schäume und ihr jähes Ende

Autobahnfahren hat sowas eintönig wiederkehrendes, zumal Leitplanken, vorrüberhuschende Fahrbahnmarkierungen das Auge in Trance versetzen können, lediglich wachgehalten von großer Aufmerksamkeit, technikbeherrschend einer hohen Geschwindigkeit ausgesetzt. Steven, um auch mal den Namen des Journalisten zu nennen, saß gedankenversunken in seinem Sportwagen, nur sehr wenige nötigten ihn, mal kurz auf die Mittelspur auszuweichen, 260 km/h wollten erst mal überboten sein.

Schön, daß Kraftwerk selbst bei geringerer Geschwindigkeit ihren revolutionären Song in damaligen Zeiten komponierten, dachte Steven gerade, als eine kesse Rothaarige mit ganz vielen Sommersprossen im Gesicht, wie er für einen Moment registrierte, ihn überholte, nachdem kurz zuvor die aufgeblendete Lichthupe unmißverständlich ihn veranlaßte, elegant nach rechts auszuweichen. Freche Göre, schoß ihm mit einem Lächeln auf dem Gesicht durch den Kopf.

Die nächste Ausfahrt war ohnehin nicht fern, schon setzte er den Blinker und fuhr ab, folgte der Beschilderung gen Meer. Der Atlantische Ozean hat eine ganz eigene, unverwechselbare Seele, denn Meer ist längst nicht gleich Meer. Das Mittelmeer hingegen gleicht eher einem größeren See, ganz ähnlich wie der Vergleich zwischen Bodensee und Chiemsee oder Nord- und Ostsee. Hier in der Bretagne, dem wohl westlichsten Zipfel des europäischen Festlandes, spürte man das Aufbäumen bei Flut, die ganze Wucht, die aus der Neuen Welt Amerikas die alte heimsuchte, erst recht bei politischen Hintergedanken, die der Mittvierziger allerdings schnell beiseite schob.

Die Rothaarige ging ihm nicht mehr aus dem Kopf, wohl ganz typisch für die Midlife-Crisis, so sinierte Steven, als lautes Hupen ihn zurückholte in die rauhe Wirklichkeit. Die Kreuzung war doch komplett frei, für lange Momente war er zu lang gestanden, beschleunigte und las noch rechtzeitig den Wegweiser zum Strand, *à la plage 1,5km*.

Dieses Blau, die salzige Luft, das Gekreische der Möwen, die heranschäumenden Wellen, die weit ausliefen am Strand, hie und da an zusammengewürfelten Steinfelsen lautstark brachen, aufgeregte Menschenstimmen etwas abseits, zwei bellende Hunde, wobei einer ständig vergeblich ins Wasser biß, der andere aufgeregt scharrend ebenso eine Sandburg bauen wollte wie manch Kinder hier. Steven beobachtete das emsige Treiben an jener malerischen Kulisse, die sich ihm bot, als er plötzlich die Rothaarige in der Sonne liegen sah, auf gelber, riesiger Decke.

Lässig schlenderte der Mittvierzjährige auf die rothaarige Sommersprossen-Versuchung zu, geballte Männerkraft überraschte andere am Strand, die wohlwollend hinschauten. Im letzten Moment aber endete unverhofft das vermeintliche Rendezvous. Eine hübsche rassig Schwarzhaarige stürmte salzwassernaß zur Liegenden, küßte diese auf den Nacken, die Lippen der beiden jungen Frauen fanden sich in trauter Gewohnheit, für

Steven Grund genug, sich in die Fluten des Atlantiks zu stürzen, manch Badegast grinste.

Hrabans geheimnisvolle Reise zum Kontinent des Lächelns

Manchmal würde Hraban am liebsten einfach seine grüne Bettdecke über den Kopf ziehen, keine einzigen Fragen, Sorgen und Nöte an sich heranlassen, weil in letzter Zeit sowohl seine Eltern als auch Bert, sein bester Freund, von ihm zuviel abverlangten. Neulich bemerkte doch tatsächlich Papa am Küchentisch, Hraban sollte auf alle Fälle in der Lage sein, selbstständig den Müll rauszubringen, ohne daß Mama ihn oft daran erinnere. Und als Sohnemann trotzig die Arme demonstrativ verschränkte, erwidert hatte, er bräuchte nicht eine solche Belehrung, wurde er streng zurechtgewiesen auf sein Zimmer geschickt, er solle sich schlafen legen.

Da lag Hraban nunmehr im Bett, hatte sich über den frechen Blick seiner zwei Jahre jüngeren Schwester Salia mächtig geärgert, zumal selbst Mama mit Nachdruck Papas Standpauke unterstützte. Na klar, immer auf uns Elfjährige, hatte er noch im Hinausgehen aus der hellerleuchteten Küche schroff ihnen entgegengeschmettert, dabei mit jedem Schritt laut aufgestampft. Aber keiner nahm davon Notiz, im Gegenteil, seine Eltern waren bereits mit Salia sich am Unterhalten, sie erzählte vom Schultag. Das hatte Hraban natürlich erst recht in Rage versetzt, was ihm allerdings nicht weiter verhalf, einer einmal ausgesprochenen Strafe von Papa konnte niemand entgehen.

Der Moment kurz vorm Einschlafen, diese stille Phase, in der wir gerade noch die Außenwelt, wenn auch entfernt hören, die kennt jeder, oder? Man möchte eigentlich lieber schnell einige Gedanken oder tolle Ideen sortieren, jedoch die verstärkte Müdigkeit erzwingt den Schlaf, der bereits auf uns wartet. Hraban zögerte ihn eine Weile erfolgreich heraus, aber die Natur obsiegte, er fiel in einen Tiefschlaf am späten Abend. Das fahle Mondlicht tauchte den Lärchenholzboden in ein grünliches Grau, langer Schattenwurf flackerte kurz auf, nachdem eine Wolkenwand rasch vorüberzog, tagsüber hatte sich bereits ein Sturm angekündigt.

***

Komischerweise schlief Hraban nur sehr kurz, wachte nach einigen Augenblicken plötzlich wieder auf. Aber was er dann bemerkte, ließ ihn innehalten: Er befand sich nicht im Bett seines Kinderzimmers, sondern an einem Meeresstrand. Das gleichmäßige Rauschen der Wellen erkannte er sofort, die salzhaltige Luft bestätigte seinen Hörsinn, gleichzeitig durchfuhr seine linke Hand den äußerst feinen, nahezu weißen Sand, allerdings eher reflexartig, wobei ihm dabei bewußt wurde, wie hell die gesamte Gegend erleuchtet war. Ein leichter Wind umwehte seinen Pyjama, der wie ein Segel herumflatterte. Hraban richtete sich auf, die beidem Ärmel über den Kopf gestülpt, als ob er im Begriff gewesen war, ihn auszuziehen. Das lästig umherwehende Stoffknäuel zog er weg und ließ es auf den Boden gleiten.

Etliche Fragen tauchten auf, die ihn irgendwie verunsicherten. Dennoch konzentrierte der Junge sich inzwischen hellwach auf die Umgebung. Vor ihm lag das weite Meer, am Horizont zogen violette Wolken auf, zur

Linken streckte sich der leuchtendweiße Sandstrand, zur Rechten bemerkte er weiter hinten zwei taubenblau gekleidete Gestalten, die auf ihn zurannten. Kaum hatte Hraban sich erhoben, stand etwas unbeholfen im warmen Sand, erreichten die beiden älteren Jungen ihn, die ein wenig aus der Puste waren.

„Wir dachten schon, dir sei etwas passiert, darum unsere Eile", begann der größere der Beiden Jugendlichen, „ich bin Gaven, und wie heißt du?"
„Meine Eltern gaben mir den Namen Hraban, was Rabe bedeutet", erwiderte er daraufhin ziemlich selbstsicher und voller Stolz. Gaven nickte anerkennend.
„Ich bin der jüngere von uns und heißeTaras", stellte dieser sich vor und schüttelte Hrabans Hand, „wir wurden beauftragt, dich hier abzuholen."

Hraban schaute ein wenig ungläubig von einem zum anderen, wollte schon fragen, woher sie denn wüßten, daß er hier am Strand „landen" würde, konnte aber gleichzeitig sich beim besten Willen nicht erinnern, was vorher geschehen war. Im selben Moment bemerkte er, daß ihm lediglich das Bildnis seiner Eltern haften geblieben war, alle anderen Erinnerungen an seine bisherige Vergangenheit wußte er jetzt überhaupt nicht mehr.

„Keine Sorge, du wirst dich ganz sicher schon wieder erinnern", bemerkte Gaven und grinste ein wenig. Hraban war sichtlich erschrocken, doch bevor er fragen konnte, ergänzte Taras, daß hier alles anders sei, sie problemlos Gedanken lesen könnten. Kaum ausgesprochen, empfing Hraban eine freundliche

Aufforderung von Gaven, daß sie nun alle drei am besten weiterziehen sollten, da braue sich ein Unwetter zusammen. Der Elfjährige empfand diese Form des gedanklichen Austausches als äußerst angenehm und bejahte sofort wortlos. Die Jungs liefen beherzt los, während gerade die ersten großen Regentropfen auf den warmen Sand fielen. In der Ferne zuckten etliche Blitze, lautstarkers Donnern folgte dazwischen.

Schnell erreichten sie einen Wald, der sich allerdings erheblich von den Wäldern, die Hraban zuhause kannte, unterschied. Zunächst meinte er, es müsse sich um einen subtropischen Regenwald handeln, die Vegetation war sehr eindeutig, auch die Tiere, die hin und wieder ihren Weg kreuzten, ließen darauf schließen. Dennoch rätselte er noch eine zeitlang, was hier anders war. Plötzlich fiel es ihm wie Schuppen von den Augen: Überall gab es angelegte Wege, man brauchte kein Buschmesser. In gewisser Weise wirkte alles wie ein mühevoll errichteter Park oder gar wie ein Botanischer Garten, nur daß keine Hinweisschilder zu den Bäumen, Pflanzen oder manchen Tierarten hilfreich vorhanden waren.

***

Nach schier endlos langem Fußmarsch, der Regen hatte längst aufgehört, erreichten sie eine vor ihnen sich weit erstreckende Ebene, ganz hinten am Horizont bemerkte Hraban so etwas wie Flugobjekte, weil für Vögel flogen sie viel zu schnell. Er grübelte noch, doch im selben Moment berichtete Taras ihm per Gedankenübertragung, dort würden Tillos fliegen, die man wohl in Hrabans Welt allgemein als UFOs bezeichne. Ein Schauer lief dem Elfjährigen über den Rücken, denn diese Tillos konnten genauso so schnell wie sie dahinschwirrten auch nahezu schlagartig zum Stillstand gelangen und regungslos am Himmel verharren, so etwas hatte er niemals zuvor gesehen. Die beiden Jugendlichen lächelten ihn an, wobei Hraban erstmalig bemerkte, daß sie ständig grinsten und bei jeder Gelegenheit ein Lächeln folgte.

Was dann geschah, überraschte ihn erst recht. Dort, wo eine Steppenlandschaft vor ihm noch gelegen hatte, öffnete sich plötzlich die Erde, dabei bildete sich ein weitläufig riesiger Kreis, eine grellbunte Stadt stieg aus dem Nichts empor, das ganze unheimlich schnell und nahezu lautlos. Allerdings war es keine Stadt im herkömmlichen Sinne, sie erinnerte Hraban ein wenig an Minas Tirith, die Herrschaftsstadt Gondors im „Der Herr der Ringe", jenen Film, den er so sehr liebte, und nun lag eine ähnlich imposante Stadt vor ihm. Gaven und Taras nahmen Hraban behutsam an die Hand, gingen forschen Schrittes zum mächtigen Eingangstor. Oben stand in wunderschöngeformten Buchstaben wohl ihr Namen: *Perheoles Sargatin.*

Kein Kettenrasseln war zu entnehmen, sondern ein leises Surren ließ das Titan-Stahltor nach oben gleiten, vor ihnen lag ein weitläufiger, angenehm erhellter Vorhof. Eines wurde Hraban sofortigst gewahr: Viele trugen ebenso taubenblaue Kleidung ähnlich wie Gaven und Taras, unter ihnen befanden sich strahlend Gelb-Gekleidete. Ein stattlicher, ziemlich breitschultriger Mittvierziger ging auf sie zu und verneigte sich kurz.

„Willkommen zurück, Gaven und Taras, schön, daß du zu uns gekommen bist, Hraban. Darf ich dir unsere herrliche Stadt zeigen? Außerdem möchte ich dich meiner Gemahlin Pireistreca vorstellen. Ich selbst heiße Thoghun", sagte er äußerst freundlich und bestimmt, dabei fiel Hraban auf, daß Thoghuns Stimme extrem tief war, eine derartige Bass-Stimme hatte er noch nie zuvor gehört, diese erinnerte ihn ein wenig an Brad Roberts Gesangsstimme von den Crashtest Dummies, irgendwann hatte er eine CD von ihnen bei seinem Vater entdeckt und deren Musik schätzen gelernt. Wortlos erwiderte er per Gedanken mit einer leichten Verbeugung, er würde sich freuen, ihn zu begleiten und Pireistreca kennen zu lernen. Seine bisherigen Begleiter verabschiedeten sich von Hraban mit einem breiten Grinsen im Gesicht und verschwanden in der Menge.

***

Warmes Sonnenlicht durchdrang den gesamten Platz, der Elfjährige fühlte sich sehr wohl dabei. Sie mußten nicht weit laufen, denn die weiterführenden Straßen bestanden aus einer Art Laufbänder, auf denen man einfach stehenblieb, ganz ähnlich wie dies Hraban von Rolltreppen kannte. Nur hierbei gab es obendrein eine zusätzliche Sicherheit, weil man ansonsten eventuell sein Gleichgewicht verlieren würde, ohne sich irgendwo an einem Geländer festzuhalten. Hraban bemerkte, daß eine vakuumartige Masse ihn in Balance hielt. Es spielte keine Rolle, ob er heftig mit den Armen fuchtelte oder sich in irgend einer Richtung drehte und bückte beim rollendem Vorwärtsfahren, ständig schützte ihn diese raffinierte Ummantelung. Dabei registrierte er langsam, daß sie sich dabei wie eine Art Luftkissen anfühlte, obwohl nichts zu sehen war. Ein wenig irritiert bemerkte er plötzlich, daß Thoghun gar nicht stand, sondern gemütlich neben ihm saß, allerdings auf keinem Sitzplatz, viel eher frei in der Luft schwebend, ohne verkrampfte Haltung, völlig entspannt. Er hatte sogar seine Augen geschlossen, sein Gesicht gen Sonnenlicht gerichtet.

„Mach es dir gemütlich, Hraban, setz' dich doch, wir sind wohl eine ganze Weile unterwegs, bis wir ganz oben unser Haus erreichen", bemerkte Thoghun und lachte dabei schallend, weil der Junge ungläubig hinter sich starrte. Dennoch wagte es der Angesprochene und staunte nicht schlecht ob des angenehmen Gefühls absoluter Sicherheit. Physikalische Gesetze waren einfach nichtig, in dieser Welt bestimmten die Vorgaben einer nützlich-geistigen Bequemlichkeit das Wohlbefinden seiner Bewohner. Hraban durchfuhr eine sichtbare Erleichterung, sein gesamter Körper entspannte sich, die Gesichtszüge formten ein strahlendes Lächeln, welches alle, denen sie begegneten, erwiderten. Für einen Moment zweifelte der Junge, ob hier nicht irgendwelche Drogen im Spiel waren, um zugleich solche Bedenken zu verwerfen, er hatte ja gar nichts zu sich genommen.

Wer schon einmal auf wirklich hohen Gebäuden stand oder in den Bergen vom Gipfel ganz weit seinen Blick schweifen ließ, der weiß das Gefühl von herrlich befreienden Gedanken zu schätzen, die dabei entstehen mögen. Vielleicht schwingt neben der enormen Weite die Erkenntnis mit, daß Mensch ein winziger Bestandteil innerhalb der natürlichen Kreisläufe ist, der lediglich beobachtend die Chance erhält, seine Eindrücke manchesmal in vollen Zügen zu genießen.

Ein leichter, dennoch stetiger Wind, kaum hörbar, umgab den Jungen, als er hier oben sichtlich erleichtert und äußerst frohgestimmt stand. Thoghun hatte sich soeben verabschiedet, er wolle seiner Gemahlin Bescheid sagen und sie holen, Hraban möge einfach die Aussicht genießen, was der Elfjährige mit Kopfnicken bestätigte. Der Moment der Stille hielt nicht lange an. Pireistreca und Thoghun schlenderten zu ihm. Hraban bewunderte ihre Schönheit, ihr bis in die Hüften reichendes, leicht gewelltes pechschwarzes Haar, die ebenmäßigen Gesichtszüge und vor allem die außergewöhnlich leuchtend smaragdgrünen Augen. Im Gegensatz zu ihrem stattlichen Mann hatte sie eine ziemlich angenehm klingende, hohe Stimmlage, dabei betonte sie jedes Wort auf eine sehr spezielle Weise, einen leichten Singsang hörte er heraus.

Die Beiden führten Hraban durch das weitläufige Haus, welches dennoch ohne viel Inventar eher auf das Notwendigste eingerichtet war. Er bemerkte, daß keinerlei Lampen vorhanden waren, dennoch die Räume angenehm lichtdurchflutet erschienen, was er sich nicht erklären konnte. Noch bevor er die Frage zu stellen vermochte, erwiderte Pireistreca, es handle sich hierbei um eine ausgeklügelte Spiegeltechnik mit Schächten, in denen das Sonnenlicht weitergeleitet das Haus erhelle. Nach einem ausgiebigen Abendmahl suchte Hraban sein Gästezimmer auf, begab sich direkt ins riesige Rundbett und schlief rasch ein.

***

Viel zu früh wachte er am nächsten Morgen auf, die ersten Sonnenstrahlen erleuchteten den rötlich schimmernden Kirschholzfußboden. Irgend etwas beunruhigte ihn im nächsten Moment, weil gleichzeitig aufgeregte, wenn auch weiter entfernte Gespräche zu ihm drangen, da sein Fenster weit geöffnet. Plötzlich spürte er dieses typische, beinahe rauschartige Gefühl, welches er sofort erkannte, wie das Fahren eines Aufzuges in die Tiefe. Schlagartig wurde es dunkel, es flammten dennoch überall Leuchtdioden auf, die er vorher nicht im geringsten in seinem Zimmer verteilt bemerkt hatte, da sie sehr winzig und raffiniert entlang der Möbelkanten, in den Wänden zu den Übergängen zwischen Boden oder Decke eingelassen eher im Hintergrund sich befanden, jetzt aber den Raum erhellten.

Thoghun trat ein und schilderte, was sich zugetragen hatte. Man schütze sich halt mittels einer Technik des Abtauchens vor den Gefahren aus dem All, Meteoritenhagel würde sie in unregelmäßigen Abständen heimsuchen, sie besäßen allerdings ein wirkungsvolles Frühwarnsystem, er solle sich keine Sorgen machen. Zugleich bemerkte Hraban jetzt erst, daß überall emsiges Treiben um ihn herum zugange war, denn dort, wo die Stadt mit der vorherigen Savanne sich nahtlos zusammenschloß, befand sich ein riesiges, angenehm erleuchtetes Tunnelsystem. Gläserne Schienenfahrzeuge, ganz ähnlich wie die U-Bahn, nur extrem schnell und geräuschlos unterwegs, sammelten Reisewillige ein, ganz wenige begaben sich nach *Perheoles Sargatin*. Und schon stiegen sein Gastgeberpaar und er selbst in ein solches Fahrzeug ein, Pireistreca gab Hraban zu verstehen, sie würden gerne mit ihm nach *Gholeyta* fahren, einer wunderschönen Insel im Meer, auf deren höchstem Berg, einem Vulkan, man das Land gut überblicken könne. Natürlich stimmte der Junge ihnen zu.

Eine dermaßen hohe Geschwindigkeit hatte er zuvor niemals erlebt, Hraban bemerkte aber zugleich, daß während der rasenden Fahrt sämtliche Glasscheiben pechschwarz waren, irgend eine raffinierte Technik hatte sie verdunkelt, kein Lichtschimmer der Tunnelröhren war mehr zu sehen. Außerdem saßen sie nicht, sondern lagen angeschnallt in bequemen, weichgepolsterten Schalen, die sich um den Körper schmiegten, dessen Form gar annahmen. Thoghun bemerkte den verwirrten Blick des Jungen und wies darauf hin, er solle mal nach oben schauen. Dort befanden sich unterschiedliche Monitore, die eine gesamte Einheit an der ganzen Decke bildeten, ähnlich wie ein Megabildschirm mit Rastereinteilung. Alle möglichen Informationen konnte man ablesen, aber auch Kamerapositionen bestimmter, öffentlicher Plätze des Landes. Pireistreca bemerkte, es könne schon hilfreich sein für die Reisenden, wer denn solche Dienste in Anspruch nehmen wolle. Nach gefühlten wenigen Minuten, obwohl sie gar eine knappe Stunde unterwegs waren, erreichten sie ihren Zielbahnhof. Bei der Einfahrt erhielten die Fensterscheiben wieder ihre Transparenz, sehr viele Passagiere waren zugegen, dennoch waren wesentlich weniger Stimmen zu hören, als Hraban dies bisher kannte. Klar doch, die gedankliche Unterhaltung bringe das mit sich, erinnerte sich der Junge und lächelte kurz. Sie bestiegen einen äußerst großzügigen Fahrstuhl, der eher einem Saal glich, wobei selbst hierbei der Elfjährige über die Schnelligkeit staunte, in welcher es aufwärts ging, gleichzeitig konnte man zwar hinausschauen, aber er kehrte dem Fenster bewußt den

Rücken zu, weil er sich viel lieber überraschen lassen wollte.

Hraban wurde natürlich entsprechend belohnt, was er oben angekommen dann sehen durfte, verschlug ihm fast den Atem: Eine Riesenlandschaft überblickten sie, keine andere Erhöhung war zu sehen. *Gholeyta* selbst war keine große Insel, ihr Vulkan, an deren gigantischen Krater sie standen, bildete wohl das Zentrum, nur ein kleiner Streifen Sandstrand umgab ihn. Ganz in der Nähe befand sich zu seiner Linken das Festland, von wo sie gekommen waren, wie ihm Thoghun bestätigte. Pireistreca kündigte an, Hraban ein bißchen von ihrem Land zu erzählen.

„Bei euch würde es wahrscheinlich Land des Lächelns bedeuten, es heißt schlicht *Deengaira*. Wir wissen, daß der Kosmos sehr viele Geheimnisse verbirgt, wobei wir inzwischen in regen, friedlichen Kontakt zu anderen Wesen stehen. Dir begegnete Thoghun in deinem Traum und nahm dich sofort unter seine Fittiche", begann sie Hraban zu erzählen, sie saßen alle zusammen an einer runden Tafel, „mußte allerdings hier angekommen etwas dringendes erledigen, so daß dich Gaven und Taras abholen sollten." Kaum hatte sie deren Namen ausgesprochen, erschienen die Beiden wie aus dem Nichts und gesellten sich zu ihnen. An diesem Platz, einer Art Bistro, gab es keine Bedienung, auch konnte Hraban weder eine Theke noch eine Küche sehen, aber dafür vor ihm eine kreisrunde Aussparung im Tisch.

„Einfach denken bzw. sagen, was du gern trinken oder essen magst", bemerkte Taras mit strahlendem Lächeln,

„und schon erscheint das Gewünschte." Hraban hatte großen Appetit auf Traubensaft, etwas Brie und Zwiebelbaguette. Im nächsten Moment senkte sich die ausgesparte Tischfläche vor ihm, um Sekunden später mit den bestellten Speisen zurückzukehren. Die anderen freuten sich über sein verdutztes Gesicht und taten es ihm gleich. Gut versorgt unterhielten sich alle fröhlich, dabei Hraban meist mit einbeziehend, weil er so viele neugierige Fragen hatte.

***

Irgendwann konnte er allerdings nichts mehr aufnehmen, er hatte Müh und Not, seine Augen aufzuhalten, nickte zwischenzeitlich immer wieder weg, um im nächsten Moment sich erschrocken aufzurichten. Gaven bemerkte es schließlich und schlug allen vor, die lustige Tafelrunde zu beenden, weil ihr Gast vor Müdigkeit sonst bald einschlafen würde. Bei der Abwärtsfahrt mit dem superschnellen Lift stauchte sich bei Hraban alles zusammen, so als ob eine ungeheure Kraft ihn durchfuhr. Erleichtert atmete er auf, als sie unten ankamen und endlich ins Freie traten. Die Rückfahrt zu Pireistrecas und Thoghuns Haus kannte er ja bereits, doch anstatt wieder müde zu werden, hinderten die Beiden ihn daran, erzählten ihm noch ein wenig aus ihrem Leben. Auf diese Weise verflog die Zeit im Nu, und sie erreichten schließlich *Perheoles Sargatin*, ihr großartiges Domizil hoch oben auf dem Berg.

Nachdem sie ihn bis zu seinem Gästezimmer begleitet, sein Bett gerichtet hatten, verabschiedeten sie sich ziemlich überschwänglich, was Hraban zunächst nicht zu deuten vermochte. Außerdem überfiel ihn schlagartig der

Schlaf. Kurz vorm Wegnicken erinnerte er sich noch all der Fragen, die er ihnen unbedingt stellen wollte, nahm sich ganz fest vor, sie bloß nicht zu vergessen und fiel dann in Tiefschlaf. Die Stadt tauchte erneut ob kosmischer Gefahren in der Nacht ab, jedoch der Erdenjunge bemerkte nichts davon, viel zu wohlig hatte er diesen ereignisreichen Tag abgeschlossen, fühlte sich geborgen und gut aufgehoben.

***

Manche Wecker können einfach gnadenlos uns schlagartig aus dem Schlaf, aus tiefsten Träumen reißen, besonders wenn dabei noch Musik im Spiel. Michael Jacksons „Earthsong" drang an Hrabans Ohren. Mit einem Ruck richtete er sich auf und rieb seine Augen, blickte verblüfft auf den CD-Wecker, schaltete ihn reflexartig aus und versuchte sich zu erinnern. Aber irgendwie war da ein schwarzes, ahnungsvolles, trotzdem unendlich tiefwirkendes Loch, was ihm eindeutig zu verstehen gab, daß er einfach nur geschlafen und wirres Zeug geträumt habe, zu mehr sollte es nicht reichen. Einerlei, dachte der Elfjährige, stand bereits auf, weil er das Gekicher seiner jüngeren Schwester Salia auf dem Flur vernahm, nur zu genau wußte, sie würde gleich in sein Zimmer stürzen, um ihn zu ärgern. Das geschah dann auch, sie warf sich mit einem Freudenschrei auf ihn, so daß die Beiden zu Boden stürzten, wobei sich niemand weh tat. Hraban wußte wie er sich abfangen bzw. abrollen mußte, die kleine Schwester dabei schützend festhaltend.

Anschließend neckte sie noch kurz ihren großen Bruder, begab sich aber schnurstracks auf direkten Wege in ihr eigenes Zimmer, weil Mama von unten ihnen unüberhörbar zu verstehen gab, sie mögen sich schnell anziehen, das Frühstück sei gleich fertig gerichtet. Einen Moment lang zögerte Hraban, wollte sich gerade vom Boden erheben, als ganz leise feiner, ziemlich weißer Sand aus seinem linken Schlafanzugärmel rieselte, eine Prise Meeresduft diesem entwich. Mit einem Schlag erinnerte sich der Junge und setzte sich nachdenklich an den Schreibtisch, schaltete eher unbewußt seinen PC an. Zwischendurch hörte er noch Salia, wie sie die Treppe hinabstieg, seine Mutter nach ihm rief.

Was er dann auf dem Flachbildschirm sah, ließ ihn für einige Augenblicke erstarren. Anstatt des gewohnten Desktop-Hintergrundbildes befand sich vielmehr die Aussicht von der Vulkaninsel *Gholeyta*, die wunderschöne Weite, das Meer, die eindrucksvollen Farbtupfer des nahen Landes *Deengaira*, was seine Gastgeber Pireistreca und Thoghun mit „Kontinent des Lächelns" ihm übersetzt hatten. Und Hraban wußte, daß er nicht allein war hier auf Erden, sondern dort draußen in den Weiten des unendlichen Kosmos noch sehr viel Leben stattfand, Mensch endlich begreifen sollte, wie erbärmlich kurzsichtig dessen kleine, begrenzte Vorstellungswelt doch war, obwohl die ganze Zeit die Schöpfung ihm jede Menge Indizien bereit hielt. Er sollte sie lediglich erkennen und endlich wirklich aufwachen, anstatt das Leben auf unserem Blauen Planeten zu mißachten.

Mitten im Atlantik liegt verborgen auf dem Meeresgrund Golaya

Pelidias Wunsch bleibt zunächst unberücksichtigt

Unaufhörlich schaufelt der Ozean seine salzigen Wassermassen dem rythmischen Lauf der Gezeiten ausgesetzt gen Land, dabei ist völlig einerlei, ob eine Insel oder die Begrenzung seitens anliegender Kontinente ihm trotzt. Wer den Klang jenes lautstarken Wellengangs einmal richtig tiefsinnig verinnerlicht, der vermag ihn wohl niemals wirklich vergessen, zu prägnant die Stimmen des Meeres ihre Muster hinterlassen, Raum schenken für wahrlich abenteuerliche Gedanken.

Insofern hatte manch Erzählung ihren Weg gefunden, ob hinzugedichtet oder nicht, Seefahrer wußten vieles zu berichten. Bedenken wir, über doppelt so gewaltig präsentiert sich die Welt der Meere uns Menschen, die wir auf sechs Kontinenten verweilen, in der Antarktis eher gut nachzählbar, aufgrund der ziemlich niedrigen Temperaturen umgeben von ewigen Eislandschaften.

Wer kennt sie nicht, die sagenumrankenden zwei großen ehemaligen Kontinente, Atlantis und Lemuria, die per Sintflut untergegangen, wobei bis heute selbsternannte Experten und Laien mit unterschiedlichen Berichten, Spekulationen aufwarten. Belassen wir das Wissen oder die Unkenntnis darum, blicken aufs Zentrum des Atlantischen Ozeans, irgendwo in der Mitte zwischen den beiden großen Kontinenten Afrika und Amerika.

Ganz tief im Verborgenen lag auf dem Meeresgrund in dunkler Stille Golaya, die Heimat der Königstochter Pelidia. Die Meerjungfrau, - ja, es gab sie tatsächlich, - hatte im stolzen Alter von 237 Jahren endlich die Gelegenheit erhalten, kaum in der Pubertät angekommen, sich weiter vom größten Reich in den Weltmeeren entfernen zu dürfen, allerdings sicherheitshalber von sechs geschulten Delphinen, deren Aufgabe darin bestand, sie zu schützen und notfalls schnellstmöglich Hilfe herbeizuordern. Im Gegensatz zur Welt der Menschen stellte dies keinerlei Probleme dar, die Risiken waren letztlich nicht vorhanden.

Schließlich verfügte Pelidia obendrein über einen geschickt einzusetzenden, kräftigen Fischschwanz, der durchaus eine gefährliche Waffe für potentielle Gegner war. Vor kurzem, etwa 23 Jahre her, hatte sie eine brenzlige Begegnung mit einem sie provozierenden Hammerhai, der sie gänzlich dabei unterschätzte. Viel zu träge wollte dieser zuschnappen, mußte sich nach schnellen, kräftigen Schlägen gen beide Augen geschlagen geben, in kaum vorstellbarer Geschwindigkeit setzte die junge Pelidia ihren muskulösen Körper ein.

Doch bevor sie sich auf ihren Ausflug begeben hatte, äußerte sie einen innigen Wunsch ihren Eltern: Ob sie denn einmal das große Land im Osten aufsuchen dürfe, vielmehr eine schöne Insel, welchem diesem vorgelagert im Ozean lag. Aber Kalaydia und Oresolio lehnten die Bitte ab, verwiesen auf mögliche Gefahren trotz ihrer wachsamen Begleiter, sie solle nicht die Menschen unterschätzen. Diese hätten so gar kein Verständnis für die Welt der Meeresnixen, zumal stets von weiblichen ausgegangen worden war. Nein, jene Erdenbewohner paßten gar nicht zu den Meereswesen, keineswegs zufällig waren Begegnungen bis heute extreme Ausnahmen gewesen, die besonders aufgrund der Wachsamkeit und der Gebote von Golaya vermieden wurden.

Als Kalaydia und Oresolio noch jung waren, sich fanden und heirateten, um die Geschicke von Golaya zu lenken, hatten die Menschen gerade mal genug zu tun auf dem Land, die Seefahrt sollte viel später eine wichtigere Rolle spielen, obwohl schon manche die Weltmeere per Schiff überwunden. So schwamm Pelidia gedankenverloren zunächst einmal Richtung Osten, ihre Begleiter ahnten noch nicht im geringsten, was sie vorhatte.

Koriphaius hilft Pelidia auf die Sprünge

Der Atlantik zeigte heute seine rauhe Seite, stürmisch tobten die Wellen sich aus, während Pelidia von den herrlichen Delphinen begleitet wurde, die ihr auf alle Fälle eine gewisse Sicherheit vermittelten, zumal die Meerjungfrau inzwischen weiter entfernt war von Golaya wie jemals zuvor in ihrem Leben.

Plötzlich lösten sich drei der sechs Delphine und verjagten eine Gruppe Weißer Haie, die sich hatten Pelidia nähern wollen. 'Auftrag sehr gewissenhaft erfüllt, das muß man ihnen lassen', schoß es ihr durch den Kopf. Obendrein wußten die allermeisten Meeresbewohner sehr wohl, wer im Atlantischen Ozean das Sagen hatte, mit Oresolio war keineswegs zu spaßen, da er über ein weit verzweigtes Netz des Informationsaustausches verfügte.

Das Internet der Weltmeere funktionierte für menschliche Ohren vollkommen geräuschlos, aber äußerst effektiv, technische Pannen gab es schon gleich gar nicht.

Das alles taxierte die Jugendliche nicht, sie grübelte weiterhin, wie sie bloß ihre Begleiter später möglichst geschickt ablenken könnte, schließlich durften sie nichts erahnen. Auf einmal wußte Pelidia sehr genau, wie sie ihnen entkommen konnte. Die Meerjungfrau verstand sich mit den Fischen äußerst gut, hatte unendlich viele Kontakte, was ihr nunmehr zu Nutzen kam. Ein kleiner Schwarm Sardellen kam ihnen entgegen, in wenigen Sekunden teilte sie ihnen ihre Bitte beim Begrüßungsaustausch mit, die Delphine hatten keinerlei Verdacht geschöpft.

Inzwischen hatte sich der zweitgrößte Ozean der Welt beruhigt, die Sonne schien, der Himmel schien blau, in der Ferne war bereits Land zu sehen. Ein Schwarm Heringe kreuzte panikartig, der Pelidias Begleiter in Aufmerksamkeit versetzte, sie Ausschau hielten und Momente später mit einer Gruppe Grauer Riffhaie aneinandergerieten. Endlich konnte die Königstochter ihnen entwischen, tauchte schlagartig sehr tief ab und schwamm extrem schnell in Richtung Landmasse, während die Delphine gewissenhaft ihren Auftrag ausübten.

Nunmehr war sie ihnen entkommen, dabei plagte sie keinerlei schlechtes Gewissen, weil sie nur zu genau wußte, daß die Delphine schon bald ihre Spur aufnehmen würden. Daher galt es, möglichst schnell die Insel zu erreichen. Im nächsten Augenblick erschrak sie zutiefst, weil etwas entscheidendes sie nicht bedacht hatte. Wie an Land kommen?

Der Stein, auf dem sie gerade noch in Ufernähe angelangt gesessen, begann sich zu bewegen und entpuppte sich allerdings als eine Riesenschildkröte, die sie zugleich ansprach.

„Keine Sorge, hier bei mir bist du sicher, ich bin Koriphaius und habe dich erwartet." Pelidia staunte ein wenig, fing sich aber schnell wieder. Bevor sie antworten konnte, fuhr Koriphaius fort.

„Du fragst dich sicherlich, wie du an Land kommen kannst, weil mit Fischschwanz unmöglich, stimmt's?", und die jugendliche Königstochter nickte still, „ganz einfach, leg dich auf den Rücken und schließe deine Augen", forderte sie die Riesenschildkröte auf.

Mit dem Gesicht gen Meer lag sie da am Ufer, und nur wenige Augenblicke später blickte sie auf zehn wunderschöne Zehen an zwei schlanken Füßen und langen, wohlgeformten Beinen, Pelidia hatte sich in ein junges Mädchen verwandelt. Freudig sprang sie auf, als ob sie nie etwas anderes getan, küßte Koriphaius Kopf, bedankte sich überschwenglich und rannte geradewegs vom Strand hinauf, zum ersten Mal in ihrem Leben Boden unter eigenen Füßen.

Eine schier übergroße Wärme durchfuhr ihren neuen unteren Körper, sie ward zum Mensch geworden, genoß die Sichtweite hinaus auf den Ozean, direkt vor sich wunderschöne Pflanzenblätter und eine Felslandschaft als auch Mauern. Neugierig schaute sie ein bißchen unsicher um sich, aber kein Mensch war zugegen. Koriphaius hatte ihr noch zugeraunt, daß die Erdenbewohner die Insel Tenerife nannten.

Eine neue Welt versetzt Pelidia in Staunen

Kaum war die Riesenschildkröte Koriphaius verschwunden, irgendwie war sie für einige Momente zu sehr abgelenkt, so daß sie sich nicht einmal bei ihm bedanken und von ihm verabschieden konnte, erforschten ihre wachen Augen die unmittelbare Nähe. Eine ziemlich zerklüftetete Steinlandschaft versperrten ihr den Weg, obwohl nicht weit entfernt ein schwarzer Sandstrand lag.

Dennoch übte sie zugleich, ihre neu erworbenen Beine und Füße einzusetzen und staunte, daß sie nahezu problemlos, gar fast schon sportlich schnell zwischen den Steinen ging, um schließlich keinen nassen und somit festeren Sand zu betreten. Pelidia blickte zurück auf ein merkwürdig vierbeiniges Wesen mit schwarz-weißem Fell, welches am Körperende mit etwas langem Festen wedelte. 'Ob dieses Tier etwa spielen will?', fragte sie sich, erinnerte sich an die Worte Koriphaius, der ihr noch zugeraunt hatte, daß es neben den Menschen noch andere Wesen gäbe, die jene Tiere nannten.

Die Luft roch nach Salz, die Königstochter atmete tief und gelassen durch, erblickte in der Ferne bunte Pflanzen, ganz ähnlich wie in der Welt der Korallenbänke, nur wesentlich starrer. Keine Bewegung ging von ihnen aus, manchmal wedelte kurz ein Blatt im

Wind. Eine besonders schöne, hellgelb leuchtende Blüte zog sie fast schon magisch in den Bann. Kaum eingetroffen, mußte sie die grünen, fleischigen Pflanzenteile berühren, stach sich im nächsten Moment, weil sie die Stachel der Kakteen-Blätter gänzlich unterschätzt hatte. Pelidia durchlebte im Eilverfahren erste botanische Feldversuche, freute sich zugleich über die vielen Eindrücke.

Das ständige Rauschen der Meereswellen, die in rythmischen Abständen erfolgten, versetzten die ehemalige Meerjungfrau ein wenig in eine Art Trance, wobei ebenso Müdigkeit sie ereilte, sie in einen kurzen Schlaf fiel, sich zuvor noch einfach am Strand in den warmen Sand legte, mit dem Gesicht gen blaue Wolken, die Sonne weiter entfernt sie nicht blendete.

Bilder aus zurückliegenden Tagen tauchten plötzlich auf, sie drehte sich unruhig hin und her, im Schlaf selbst wußte Pelidia trotzdem, daß sie in einem kurzen Traum sich befand, welcher ihr ein Stückweit Sicherheit vermittelte. Sie erhielt für Augenblicke das vertraute Zuhause von Golaya, sah ihre Eltern, die Freundinnen und Kumpels, ihr riesiges Zimmer, welches eigentlich keine Fenster hatte, außer daß die runden Öffnungen eine nahtlose Verbindung zwischen ihrem Domizil und dem Atlantik darstellten, in sofern manchmal auch ungebetene Meeresbewohner sich einfanden. Das gehörte halt dazu in der Welt der Meeresnixen, aber auch aller Wesen im salzigen Naß.

Eine Welt voller geheimnisvoller Begegnungen

Plötzlich wurde Pelidia unsanft aus ihrem Traum gerissen, weil eine Fliege sich auf ihre Nasenspitze gesetzt hatte und einmal quer über ihre beiden geschlossenen Augenlider trippelte, um sofort von dannen zu fliegen, als sie aufschrak.

Zugleich erinnerte sie sich noch an ihren befremdlichen Traum von Golaya und ihrer bedachten Unterwasserwelt mitten im Atlantik, die sie aber jetzt so gar nicht mit dieser Insel Tenerife vergleichen wollte. Zu unterschiedlich und vor allem in ihrer gesamten Konsequenz waren diese beiden Welten vereint auf dem Planeten Erde, wie die Menschen ihn nannten. Daß es überhaupt einen gibt, versetzte die Königstochter in Erstaunen.

'Erst mal aufrappeln und weiterforschen, ich möchte alles aufsaugen, jeden Sandkorn, Stein und die Landtiere, und wenn es eine Fliege sei, die mich ärgert, nur von den Menschen halte ich mich erst mal lieber fern', grübelte sie und ging den schwarzen Sandstrand entlang, auslaufende Meereswellen der Ebbe umspülten ihre neuen Füße, das fühlte sich gut für sie an.

Zunächst sah sie in der Ferne merkwürdige Steinhaufen, irgendwelche turmartig aufeinandergeschichteten. Beim Näherkommen erfaßte sie erst den Sinn. Sollten dies in etwa Steinmenschen darstellen? Auch erstaunte sie die hohe Anzahl und vor allem, daß kein Stein einfach abrutschte, mittels geschickter Platzierung diese Skulpturen Wind und Wetter trotzten. Auch waren kleine Wege angelegt, so daß man sie aus der Nähe betrachten konnte.

Pelidia war dermaßen fasziniert, daß sie nicht bemerkte, wie sich ein junger Mann ihr näherte, die Augen erstaunt auf sie gerichtet ob ihrer Anmut und Schönheit. Erst als er vor lauter Beobachtung im Begriff war zu stolpern, gerade nochmal sein Gleichgewicht schlimmeres verhinderte, bevor eines dieser steinigen Kunstwerke zusammenfiel, bemerkte die Jugendliche den Menschen. Ihr stockte für einige Momente der Atem, daß er es gewagt hatte, sich ihr einfach so zu nähern. In ihrer Welt war dies keineswegs selbstverständlich, außer daß nur einige vertraute Freunde, Kumpels oder halt ihre Eltern so nah sich mit ihr abgaben, herrschte auf Golaya eine bestimmte Bannmeile, an die sich alle hielten.

Andere Welten, andere Sitten, das war ihr nunmehr ebenso klar. Daher ließ sie den Erstkontakt geschehen, legte ihre anfängliche Angst ab, schaute ihm prüfend entgegen und direkt in dessen dunkelbraune Augen. Ein fröhliches Grinsen erwiderte dieser und streckte ihr freundlich seine linke Hand hin, die sie aber nicht ergriff.

Pelidias Glück sollte nur von kurzer Dauer sein

Eine gewisse Vorsicht und Instinkt warnten Pelidia vor den Verlockungen menschlicher Nähe zwischen Mann und Frau, zumal sie genug aus ihrer Riesenwelt des Atlantischen Ozeans in Golaya erfahren durfte. Hinzu kam die allgegenwärtige Neugier einer Jugendlichen, welche sich nicht sonderlich von der menschlichen unterschied.

Dennoch berührte sie der forsche, liebevolle Blick des jungen Mannes, der sich als Roja vorstellte und in Menschenjahren gerade mal 17 Jahre alt war. Sie selbst nannte ihren Namen, daß sie zwei Jahre jünger als er sei, weil mit einer 237 Jahren alten Meerjungfrau klarzukommen, das würde wohl eher seinen Verstand überfordern. So beließ sie es dabei, grinste ihn schelmisch an und rannte einfach los.

Selbstverständlich folgte das alte Spiel des sich Fangens, allerdings mit wesentlich mehr Elan, der die Reize des anderen beflügelte, was für Jugendliche allzu typisch so stattfand. Kurzerhand lagen beide im Sand, wobei die ein oder andere leichte Flutwelle sie umspülte. Dabei spürte Pelidia ganz deutlich kleine Botschaften, die ihr Vorsicht signalisierten. So weit reichte der Einfluß von Golaya, immerhin war sie ja bekanntlich die Königstochter von Kalaydia und Oresolio.

Roja bekam von all dem nicht das geringste mit, schaute immerzu verträumt auf sie, streichelte bereits ihre wohlgeformten, langen Beine, die sie selbst wiederum zu schätzen begann. Welch seltsame Eigenschaft, das Rennen auf dem Land, wie sie nunmehr wußte, bis vor kurzem davon gar nichts erahnt hatte. Keine irdische Welt war ihr selbst bekannt, außer von den Andeutungen ihrer Eltern, schon gleich nicht das Erleben als Mensch selbst, weil Koriphaius ihr diese Chance gegeben hatte.

Sie lagen am Meer und schauten gebannt dem Sonnenuntergang entgegen, ganz oben auf einer riesigen Palme saß eine Möwe und beobachtete das

Himmelsgeschehen, aber ebenso die beiden, die urplötzlich einfach vor Erschöpfung einschliefen.

Am nächsten Morgen erwachte Roja als erster, weckte sie liebevoll, und beide begaben sich landeinwärts, liefen durch Bananen- und Ananasplantagen, genossen die Gerüche der süßen Früchte, schauten sich des öfteren lachend an, hielten ihre Hände wie zwei typisch Jungbverliebte. Für ihn war der Fall klar, während sie nur zu genau wußte, in wie weit ihre gemeinsame Zeit ablief. Nur wie sollte sie es ihm erklären, grübelte die Königstochter, als auf einmal die Möwe von gestern abend sich auf ihre linke Schulter setzte und laut aufschrie, was Roja irritierte, er gar meinte, diese würde seine neue Liebe angreifen.

Kaum hatte er nach ihr geschlagen, pickte sie ihn ganz kurz am linken Arm, so daß er augenblicklich in eine Ohnmacht fiel. Verdutzt hatte Pelidia zwar zugeschaut, ahnte aber zugleich die eigentliche Absicht. In wenigen Worten gab ihr der Vogel zu verstehen, daß Oresolio sie geschickt habe, den jungen Roja in Schlaf zu versetzen, Pelidia sich durch Koriphaius wieder zurückverwandeln solle, um zurückzukehren.

Noch einmal schaute Pelidia vom Meer zum Land und sah für einige Augenblicke eine völlig andere Welt, auch stand sie wohl auf einer Anhöhe der Insel, um interessante Behausungen der Menschen zu ersichten, in der Ferne der blaue Ozean. Das mußte ein Stückweit die bevorstehende Zukunft der Menschen sein, die ihre Eltern sie erblicken ließen, die keineswegs in das Weltbild von Meeresnixen paßte. Keine Trauer und

Enttäuschung wollte bei ihr aufkommen, ein letztes mal blickte sie auf den schlafenden Roja, verwandelte sich, glitt freudig ins Meer und sollte nie wieder die Kanaren oder ein anderes Land der Menschen aufsuchen, Golaja wartete bereits voller Freude auf die neue Thronfolgerin.

Nächtliche Besucher leiten des Menschen Reise ein

Geosin ahnt nichts von seinem Glück

Ganz entfernt, kaum vernehmbar, plätscherte ein Rinnsal in den Weiher, der umgeben von einer Pappelallee an jenem frühen Herbstabend, der soviel Veränderung bedeuten sollte. Hoch oben entdeckte der aufmerksame Beobachter das ein oder andere Vogelnest, welches im letzten Frühjahr der jungen Brut gedient hatte. Eine Windbö erfaßte eines, es fiel in hohem Bogen taumelnd in das Gewässer, zwei Enten flogen schnatternd ein paar Meter weiter, um treffsicher mit sicherem Abstand zu landen.

Soeben verschwand die Sonne hinter den Wimpfeln des nahegelegenen Buchenwaldes, als im nächsten Moment ein junges Pärchen per Fahrräder das Ufer erreichte. Die siebzehnjährige Rita ließ sich lachend ins Gras fallen, während Geosin mit breitem Grinsen vom Rad stieg und sich zu ihr setzte. Seine kräftige linke Hand erwischte gerade noch ihren Fuß, bevor sie sich ihm entziehen konnte, zog sie sanft zu sich, küßte sie liebevoll und lang anhaltend. Fast könnte man meinen, eine romantische Filmszene entblätterte den Verlauf eines angenehmen Abends, wenn da nicht völlig unerwartet die beiden gestört worden wären.

Plötzlich erstarrte Rita, biß ihm für einen kurzen Moment vor lauter Schreck in die Unterlippe und schaute mit weit aufgerissenen Augen in Richtung Westufer des Weihers.

Geosin begriff zunächst nicht, was das sollte, fluchte erst mal ob des Bißes.

„Autsch, Rita, wieso beißt du mir denn in die Lippe. Kannst du nicht aufpassen? Und überhaupt, wohin starrst du nur, was ist denn los?", entfuhr es ihm. Dabei drehte er sich in jene Richtung und zuckte zugleich heftig zusammen, duckte sich und zog seine Freundin instinktiv nach unten ins Gras.

„Hast du das gesehen?", raunte er ihr kaum hörbar zu. Sie brachte keinen Ton heraus. Vor ihnen spielte sich ein Schauspiel der ganz besonderen Art ab. Fast wirkte das Geschehen wie aus einem Science-Fiction-Roman, was gerade Geosin stets fasziniert hatte, sie neulich erst sich darüber austauschten, was denn wäre, wenn sie Außerirdische treffen würden.

'Darüber sinieren mag ja ganz spannend sein', schoss es ihm durch den Kopf, 'allerdings ihnen direkt vis-à-vis zu begegnen, das sprengt jede Vorstellungskraft.' Im nächsten Augenblick beschallte ein extrem hoher, sehr lauter Ton die gesamte Gegend, Vögel, Rehe, Wildschweine, gar Mäuse und andere Tiere ergriffen schlagartig die Flucht. Die beiden lagen wie erstarrt am Boden, hielten sich aber per schmerzverzerrtem Gesicht mit den Händen ganz fest ihre Ohren zu. Rita liefen Tränen die Wangen herab, Geosin drückte seinen Kopf in ihren Schoß. Die blanke Angst durchlief ihre jungen Körper, sie wußten nicht, wie lang das durchzuhalten war.

Atlantis und Lemuria keine Hirngespinste?

Manchmal können bei grausamen Geschehnissen einige Sekunden einer halben Ewigkeit gleichen, so zumindest empfand das jugendliche Pärchen während des schrecklichlauten Dauertons. Als er endlich ein abruptes Ende nahm, die Stille ihnen ein taumelartiges Gefühl der inneren Leere vermittelte, folgte unerwartet ein heftiges Donnern. Nicht etwa wie bei einem Gewitter, sondern eher ähnlich dem eines schweren LKWs, der über eine Brücke polterte.

Zugleich erhellte sich die komplette Landschaft in ein grelles Licht, als ob ein Filmset zugegen war, um Tageslicht herbeizuzaubern, nur mit dem Unterschied, daß dadurch keinerlei Wärme entstand. Ganz im Gegenteil, Rita und Geosin begannen extrem zu zittern, die Temperatur mußte binnen weniger Sekunden um mindestens zehn Grad Celsius gefallen sein, anders konnten sie es sich nicht erklären.

Obwohl sie keine einzige Gestalt sahen, spürten die beiden eine enorme Kraft, eine Art Energiefeld über sich, welches sie beobachtete, gar sie dazu zwang, ganz still liegen zu bleiben. Gleichzeitig fragte sich Geosin, wie er die innere Stimme werten sollte, die plötzlich zu ihm sprach.

„Erdenmensch, höre genau zu, was wir dir mitzuteilen haben! Wir offenbaren uns beim heutigen Besuch Euch nicht mehr, aufgrund schlechter Erfahrungen vor rund zwölftausend Jahren, als Euer Kontinent, Lemuria genannt, in den Fluten des riesigen Meeres versank, viele

Jahre später der materialistisch orientierte, etwas kleinere Kontinent Alantis. Ihr Menschen habt die Botschaften wohl nicht verstanden, außer einige Wenige von Euch. Wir nehmen mit denen Kontakt auf, die wir sehr gezielt auserwählten, du gehörst zu ihnen."

Noch während Geosin sich wunderte, warum er jene Gedankenübertragung so deutlich verstand, informierte ihn das außerirdische Wesen, konnte er gar den Dialog zwischen einem anderen und Rita mitverfolgen. Die beiden stellten sich als R404 und S1316 vor. R bedeutete, auf dem Planeten Rostrytha zu enstammen, S stand für den Nachbarplaneten Systrytha, die Nummern entsprachen einem Planquadrat. R404 verriet seinen Kosenamen: Styllux und S1316 stellte sich Rita als Scophia vor.

„Aber Scophia, wieso habt ihr ausgerechnet uns ausgesucht? Okay, wir haben Däniken gelesen, den Mythos der Hopi verstanden sowie auch Edgar Cayce, aber dennoch wundern wir uns halt", bemerkte Rita, und Geosin stimmte ihr zugleich zu.

Eine Weile lang hüllten sich die beiden Energiefelder in Schweigen, sie schienen sich wohl zu beraten, obwohl die Jugendlichen nichts wirklich erkennen konnten.

Nichts ist so wie es scheint

Von Beratung waren sie aber reell weit entfernt, in Wirklichkeit tauschten R404 und S1316 sich zusammen mit etwa Milliarden anderer aus, im Verbund, live und direkt. Wie vermochten die beiden Erdenbürger solche

Dimensionen verstehen, überstiegen sie deren generelles Verständnis jedweder Logik, die so gar keine Bedeutung mehr hatte in den Weiten des Kosmos?

Genau davon profitierten allerdings nicht nur die Rostrythaner, sondern vielmehr etliche andere intelligente Spezies des Universums. Mensch, der gerade in den Hirnwindungen einer festgefahrenen, starren Wissenschaft verhaftet, meinte, er würde über viele Dinge stehen, stieß nicht nur des öfteren an die Grenzen seiner beschränkten Vorstellungskraft, wurde gar viel eher eines Besseren belehrt. Insofern bedeuteten die manchmal ziemlich ausgeschmückten Science-Fiction-Romane einiger Zeitgeister nicht nur eine angenehme Bereicherung, sie kamen der unerschöpflichen Realität anderer Welten sehr nahe.

Styllux beantwortete in Sekundenschnelle ihre Frage, Mensch sei schon immer unter Beobachtung gestanden, seitdem der Blaue Planet mittels seiner eigenen Spezies bevölkert wurde, dessen Ursprung liege unvorstellbar weit im Kosmos verborgen, verstreut und verteilt. Deshalb hatten manche Erdenbewohner auch gewisse Vorahnungen von Parallelwelten: Diese extieren tatsächlich, nur würde man uns bewußt im Unklaren lassen.

Soeben wollten Rita und Geosin Scophia und Styllux weiterlöchern, als im selben Moment etwas unfaßbares geschah. Die Zeit schien abrupt still zu stehen, sämtliche Sinne der beiden entschwanden schlagartig, sie vermochten weder zu hören, zu sehen noch zu fühlen. Einzig die Gefühlswelt arbeitete im intuitiven Bereich neben dem Verstand, so daß sie erahnten, was da plötzlich geschah.

Aber Ahnungen bedeuteten ebenso ein Vakuum einiger Zweifel, die ihnen allerdings zugleich genommen wurden. Die Rostrythaner erklärten es ihnen kurz. Jedwede materielle Verschwendung würde unnötige Ressourcen kosten, die nicht nur auf Erden kostbar, gleichwohl in anderen Galaxien. Aus diesem Grunde hätten sie uns entmaterialsiert, wobei die Bestandteile dabei keineswegs verlorengingen, die beiden jederzeit sich per Gedanken artikulieren könnten, per menschliche Sinne weiterhin dem Geschehen der Umwelt zu folgen vermögen. Sie sollten sich vorstellen, ganz ähnlich wie beim Herrn der Ringe unsichtbar zu sein, nur daß hierbei nicht das Böse sich dadurch offenbare.

Böse Gesellen gäbe es ohnehin, nur jene würden sich nicht so simpel zeigen, sondern wesentlich geschickter handeln. Als Rita nachhaken wollte, beruhigte sie Scophia, hier seien sie komplett geschützt. Die Größe der UFOs entsprächen einem Stecknadelkopf, das, was die Menschen hin und wieder sehen würden, wären lediglich Projektionen, die der Ablenkung dienen.

Zurück zu den Sternen der alten Heimat entgegen

'Die der Ablenkung dienten?', fragte sich Rita und wurde diesmal von Styllux aufgeklärt, wie simpel doch Homo sapiens gestrickt sei, bis auf wenige Ausnahmen, die nicht alles hinnehmen würden. Die reale Welt sei sowieso ein Abbild mit etlichen Projektionen, wobei parallel die Realität es um ein vielfaches schwerer habe, sich ins Bewußtsein wacher Geister zu manifestieren, die ohnehin fast alles in Frage stellten. Kurzum, das Leben folgte keinem geradlinigen Weg.

Das Dahingleiten des UFOs entsprach zunächst dem Gefühl einer schnellen Eisenbahnfahrt, bloß daß keinerlei Schwankungen im Bodenbereich logischerweise wahrzunehmen waren, zunächst die in sehr weiter Ferne sichtbaren Sterne fast schon starr an ihren Punkten verharrten. Im nächsten Moment änderte sich aber der beschauliche Flug, als sie einen Meteoritenschwarm durchkreuzten. Jedesmal wenn einer jener Sternenbrocken dem Flugobjekt zu nahe auf die Pelle rückte, verglühte ein unsichtbares, extrem starkes Energiefeld ihn kurzerhand. Die beiden erinnerten sich an die „billigen" Starwarsfilme, wo noch per Laser geschossen wurde. Das mußte hier nicht eingesetzt werden.

Doch was anschließend geschah, damit hatten sie so gar nicht gerechnet, zumal die beiden Rostrythaner sie vorher keineswegs in Kenntnis setzten. Eine ungeheuerliche Schubkraft ging durch sämtliche Materie innerhalb des UFOs, durchströmte ebenso ihre Zellen, beim Hinausschauen entfernten sich Sterne und Galaxien gespenstisch schnell.

„Wie schnell fliegen wir eigentlich?", fragte Rita die beiden.
„In den Zahlen ausgedrückt, die ihr kennt, dürfte es sich um cirka 15-fache Lichtgeschwindigkeit handeln", beantwortete Scophia ihre Frage und grinste ob der

erstaunten Gesichter, „das benötigen wir aber auch angesichts der weiten Entfernung, die noch vor uns liegt.

Geosin grübelte vor sich hin, schien nicht mehr sonderlich das Geschehen um sich herum wahrzunehmen. Irgendwie wurde ihm erst jetzt so richtig bewußt, daß sie auf dem Weg zurück zu den Sternen, der alten Heimat entgegen sich befanden. Eine gewisse Traurigkeit durchfuhr seinen kleinen Körper, wissend, daß sie vielleicht nie wieder die Erde sehen würden. Zugleich folgte aber auch eine Anspannung, die in ihm neugierige Erwartungen hervorrief.

Viele Fragen lagen ihm auf der Zunge, wie wohl dort die Landschaft aussehen würde, ob dicht besiedelt, so etwas wie eine Tier- und Pflanzenwelt vorhanden. Welche Bauten zum Leben den Bewohnern dienten, ob es Wasser gäbe und auch Wettergeschehen die Atmosphäre heimsuchte.

Was die beiden nicht wußten, keinerlei Anzeichen zu erkennen waren, Styllux und Scophia ihnen somit nicht ausdrücklich mitgeteilt hatten, etliche andere Raumfahrzeuge begleiteten sie auf der Reise durchs All, zig Tausende Menschen hatten sich ihnen angeschlossen, gänzlich vertrauensvoll, frohen Herzens.

Neulich am Strand – irgendwo am Meer eines südeuropäischen Landes

Herrlich dieser Blick bis zum Horizont, wenn dessen eigentlich scharfe Linie des Himmels und der Meereswogen sowie Schaumkronen im Graublau sich aufzulösen scheint. Eine unaufhörlich leise wehende Brise Salzluft umrahmte zusammen mit dem wohlbekannten, unverkennbaren Geschnatter der kreisenden Möwen die Szenerie der Meereslandschaft, wobei der helle Sandstrand im Vordergrund das Entree bot, egal wer da auch kommen mochte; irgendwo am Meer eines europäischen Landes spielte sich die folgende Begebenheit ab, mag es den einen befremden, während der andere mit schmunzelnder Mimik ein gewisses Verständnis erwidert.

Mittagszeit bedeutete hier im Süden Siesta, wobei auch darüber bestimmte Herrschaften längst entschieden haben, sie abschaffen zu wollen zugunsten einer gefälligst hocherfreuten Arbeitnehmerklientel, die jeden Job, unter welchen Auflagen auch immer, still erduldend annehmen sollte. Doch die traditionsverwurzelte Volksseele wollte da gar nicht so gerne folgen, wie viele Medien scheinheilig und indoktriniert tunlichst nicht zu berichten wußten, sondern eher über Umwege die Menschen abzulenken versuchten. Meistens glückte das auch, weil Mensch nun mal bequem sich fügte und seiner Rolle gerecht werdend funktionierte. Aber der Wirt hatte seine Rechnung ohne die Jugend gemacht, weil diese stets ihren eigenen, trotzigen Kopf durchsetzte.

Und nun schlenzten die Jugendlichen vorbei an den tapferen, unwissenden Badegästen, wobei man viel eher diese ewig Sonnenhungrigen genau deshalb nicht mehr bedauern sollte. Ein jeder halbwegs gebildete Sommerurlauber wußte auch, daß erst recht hier im Süden, die hoch oben am Himmel stehende Sonne erbarmungslos jeden Hautfleck bestrahlt, einem bevorstehenden Hautkrebs stückweise näher rückt. Laufen Sie mal zügig über trockenen Sand, nach eine Weile wird ziemlich schnell klar, wie ermüdend sämtliche untrainierten Muskeln sich zurückmelden. Doch Jugend kennt keinen Schmerz, sie tobt sich aus im ewig gleichen Ritual der Selbstfindung auf dem Weg in die knallharte Erwachsenenwelt, die sie somit gar nicht wahrhaben will. Nein, die Rebellion verlangt nach leichten Opfern. Und da kommt der Reiz, die Neugier zum anderen Geschlecht gerade recht, spielen die Hormone gänzlich verrückt.

Edith und Horst liebten diesen Meeresstrand, den sie schon seit achtunddreißig Jahren alljährlich in den Sommerferien aufsuchten. Daher kannten sie nicht gerade jedes Sandkorn, das wäre nun wirklich zuviel verlangt, aber das Umfeld nur zu genau. Sämtliche Krisen durften sie hautnah miterleben, die Konjunkturflauten, das Auf und Ab der konkurrenzgebeutelten Tourismusbranche, die kaltschnäuzig, lieblos schnell hochgezogenen Hotelanlagen mit ihren langweiligen Betonbalkonen in den Siebziger Jahren, das Meer, Sonne und Strand für Momente weggedacht, und man würde sich wieder irgendwo in einer Plattenbausiedlung einer deutschen Großstadt befinden. Aber jetzt gestaltete es sich hier wesentlich besser. Man umgarnte seine Gäste, bot ihnen viel Abwechslung, Lichtdesign des nachts, schnellen Sex an jeder Ecke inbegriffen, und raffiniert durchstylte Gerichte lockten all jene an, die bei Meeresrauschen und südlicher Wärme den tristen Arbeitsalltag wenigstens in den paar Wochen des Urlaubs vergessen wollten.

Doch zurück zum biederen, deutschen Paar. Edith hatte sich längst aufgerappelt, endlich schwimmen zu gehen. Aber nur bei einsetzender Flut wagte sie sich ins Meer. Niemals wird sie die Schreckminuten vergessen, als bei Ebbe sie fast ganz rausgetrieben wurde in die offene, vor ihr liegende See. Horst konnte sie mit einem schnell herbeigeschafften Boot gerade noch befreien, bevor sie sämtliche Kräfte verließen beim ständigen Versuch, ans rettende Ufer zu gelangen. Nein, nein, nie wieder bei Ebbe! Gerade erreichte sie das milde Nass der auslaufenden Wellen, als zwei Jugendliche sie unbedacht anrempelten. Edith verlor dabei ihr Gleichgewicht und fiel ungeschickt hin, wobei sie kurz erschrocken aufschrie.

„Oh, sorry, Madame, may I help you?", fragte der schlaksige Jugendliche ziemlich verlegen. Edith hielt ihre rechte Hand an die Stirn über die Augen, um das grelle Sonnenlicht abzuschirmen, nickte mit ein wenig schmerzverzerrter Mimik und reichte ihm ihre Linke, damit er ihr aufhelfen konnte.

„Thanks a lot. You better watch out, you are certainly not alone here on beach, aren't you?!", erwiderte sie dabei ermahnend. So weit reichten ihre spärlichen Englischkenntnisse schon noch. Nach kurzem Nicken verschwand er schon wieder zusammen mit den anderen Beiden. Kopfschüttelnd setzte sie ihren Gang fort und das südliche Meer empfing sie mit dem ihr wohlvertrauten Geruch. Endlich wieder sich treiben lassen, waren ihre Gedanken.

Und Horst, was tat der Finanzbeamte, der noch die kurze Szenerie des Sturzes seiner Frau aus der Ferne beobachtete? Er hatte längst Augen für viel interessanteres, so wie er das seit einigen Jahren sich nun mal wenigstens im Urlaub gönnte. Edith war viel zu blauäugig und treu, ahnte nicht, welch Abenteuerlust noch in ihm steckte. Er nahm sich einfach das Recht eines Seitensprunges heraus, ohne jedwede Gewissensbisse, Hauptsache, sie würde es nicht bemerken. Das glaubte er zumindest. Bisher war ihm auch noch nie anderweitiges bei Edith aufgefallen. Nein, das hätte er bestimmt bemerkt! Da lagen jetzt ganz in seiner Nähe zwei junge Frauen, um sich zu sonnen. Während die eine auf dem Bauch lag, drehte sich die andere just auf den Rücken und schaute dabei neugierig in seine Richtung, fuhr sich bewußt langsam mit der Zunge über ihre vollen Lippen und lächelte sehr einladend. Horst mußte ein Handtuch in seinen Schoß legen, weil da etwas mächtig anschwoll. Seine nächste Nacht sollte vielversprechend werden, belassen wir es dabei.

Langsam füllte sich der Strand, der Lärmpegel, den so viele Menschen verursachen, schwoll unüberhörbar an. Hektisches Treiben und viel Gelassenheit, jung und alt, dick und schlank trafen aufeinander, viele Nationen waren vertreten, allesamt sonnen- und meereshungrig nach Ferienstimmung und Urlaubsflirt, einmal jährlich dem Alltag entrinnen. Manche konnten des öfteren verreisen, ihnen war somit mehr Erholung vergönnt. Andere sparten das ganze Jahr für die wenigen Tage, die kurzen Wochen, wobei der einfache Massentourist hier nicht mehr zu sehen war, sondern angesichts der gestiegenen Preislage viel eher eine gehobenere Mittelschicht. Wirtschaftsinteressen steuern somit das Flair einer anderen Urlaubsklasse, wer zahlt, wird entsprechend freundlichst bedient, dem wird viel geboten in dem relativ begrenzten Zeitfenster, damit die Einheimischen hier vor Ort außerhalb der Saison auch noch existieren können. Denn mit dem Anstieg der Touristenpreise richtete sich die Immobilienbranche gezielt danach, alles wurde schnell teurer.

Edith spritzte plötzlich völlig unerwartet ihren Horst naß, der immer noch Augen für die schöne Schwedin hatte. Jetzt mußte er wieder seinen ehelichen Pflichten nachkommen und revanchierte sich prompt, in dem er Ediths noch feuchten Beine und Bauch sandwerfend bepuderte. Sie rauften sich wälzend im Sand und lachten dabei herzhaft anhaltend.

Pias Versuche, ihrem Leben einen Sinn zu geben

Im Dschungel des Asphalts

Saufreundliche Gesten begleiten deinen Gang, die ohnehin nur zu deutlich aufzeigen, welch Hintergedanken sich in manchen Augenpaaren abspielen, während du völlig entspannt die Straße entlang schlenderst, sie mit keinem Blick würdigst, viel eher erhobenen Hauptes dein Handy aus der großen, knallroten Handtasche ziehst, um das Gespräch entgegen zu nehmen.

In diesem Augenblick bröckelt deine schnippische Haltung in sich zusammmen, weil du den Hundekothaufen übersiehst, mit dem rechten Schuh hineinstackst, ein wenig zu lang beim nächsten Schritt entlangschlitterst, dabei dein Gleichgewicht verlierst und ziemlich tollpatschig auf den Allerwertesten landest. Schallendes Gelächter bietet eine ensprechende Beifallskulisse, die dir so gar nicht schmeckt.

Ratlos schaust du dich um, suchst dein Handy, welches im selben Moment erneut sich in den Klängen von „Let it be", dem unverwechselbaren Beatles-Song, meldet. Aber ergreifen kannst du es dennoch nicht, weil ein neunjähriger Lausebengel beherzt zugreift, zugleich von dannen läuft. Deine entrüsteten Hilferufe bleiben vollkommen ungehört, da der vorbeirauschende Berufsverkehr solch vergleichsweise leisere Töne einfach akustisch gierig schluckt.

Aber allein schon jener Autolärm läßt dir keine Gelegenheit, in Ruhe dich zu besinnen, was du als nächstes zu tun gedenkst. Nutzen wir den Moment der Verunsicherung und stellen dich ein wenig vor: Pia, eine gerade mal achtzehnjährige junge Frau, das ach so wichtige Abi in der Tasche, nach langem Einkaufstrip auf dem Weg nach hause. Wobei sie nichts finden kann trotz ausgbiebiger Suche. Vielleicht sind ihre Erwartungen einfach zu hoch, oder aber die meisten Geschäfte entsprechen nicht ihrem Geschmack. Einerlei.

Pia zieht es vor, zunächst allein zu leben nach zwei gescheiterten Beziehungen. Was bedeuten solche problematisch zwischenmenschliche Auseinandersetzungen, fragt sie sich in letzter Zeit des öfteren. Meistens Ärger, Querelen, die sie eher ablenken. Jetzt mag der ein oder andere Leser sich fragen, wer denn hier von ihr spricht. Nennen wir es, daß ein Schutzengel sie begleitet, jemand, der sie auf Schritt und Tritt beobachtet. Niemand kann ihn sehen, aber seine Präsenz verleiht ihm im wahrsten Sinn des Wortes Flügel, um ihr überall nahe zu sein, durchdringt selbst Türen oder dickste Mauern. Was geistig inmateriell sich dennoch formiert, kennt keine Grenzen physischer Natur. Verlorene Seelen tummeln sich manchmal nicht weit entfernt lauernd, um selbst ihn ab und an zu nerven.

Was aber es mit seiner Gegenwart auf sich hat, wollen wir baldigst klären. Nichts geschieht zufällig, auch wenn ein übersehener Hundekothaufen Pia ausrutschen läßt. Im selben Moment der ratlosen Verunsicherung, ihres Innehaltens, hält wenige Meter entfernt ein Taxi, die Beifahrertür öffnet sich.

Lara Croft meets Babette

Mit allem hat Pia gerechnet, nur nicht mit ihrer Oma Babette, die grinsend dem Taxifahrer einen blauen Schein in die Hand drückt, noch in ihrer tiefen, eher rauhen Stimme ihm sagt, daß es so passe. Mit beherztem, leicht schaukelnden Schritt begibt sie sich direkt zu ihrer Enkeltochter, ergreift deren ausgestreckten Hände und zieht sie mit einem Ruck nach oben.

Die Achtzehnjährige fällt ihr erleichtert freudig um den Hals, gibt Babette einen Kuß auf die rechte Wange.

„Ach, Omi, wo kommst du denn auf einmal her, mit dir hätte ich nun gar nicht gerechnet?", fragt Pia ohne jedweden Vorwurf in der Stimme, streicht sich ihren gelben, ziemlich kurzen Rock zurecht.

„Freut mich, dich zu sehen, ich war gerade auf dem Weg zu dir, als ich dich hier habe auf dem Bürgersteig sitzen sehen. Purer Zufall, denke ich. Mich machten die neugierigen Blicke, vor allem der Herren hier im Straßencafé stutzig. Irgendwie ahnte ich wohl, daß du der Anlaß sein würdest, womit ich wohl richtig lag", erwidert Babette und fordert sie per Kopfnicken auf, ihr doch einfach zu folgen.

Vielleicht sollte ich dem Leser kurz verraten, was Pia für Qualitäten haben könnte, die eine dermaßen hohe Aufmerksamkeit nach sich ziehen würde. Zunächst sei an dieser Stelle betont, daß große Frauen generell stets sofort auffallen, wenigstens wenn sie über 1,80 m groß sind. Pia überragt viele junge Männer mit ihren 1,88 m.

Obendrein entspricht sie dem typischen Klischee vom begehrten Frauenbild etlicher Männerherzen: lange Beine, Puppengesicht und blond. Bei ihr jedoch kommt noch hinzu: ihre dunklenbrauen, mandelförmigen Augen und ein Selbstbewußtsein, welches eher an eine Lara Croft erinnert.

Lara Crofts...äh...Pias unerschütterlich autoritäre Ausstrahlung dabei verleitet halt einen gewissen Reiz in der gaffenden, erstaunten Männerwelt. Dabei entspricht gar Pia dem Attribut von knallharter Stärke, sie beherrscht gleich drei Kampfsportarten: Judo, Taekwondo und Kung Fu. Bisher legte sie gern dreiste Machos oder billig plumpe Annährungsversuche locker auf die Matte, die Herren der Schlöpfung hatten stets das Nachsehen.

Und Oma Babette? Von ihr hat sie die blonden, festen Haare, die hohe Stirn und die Augen. Die Körpergröße gab ihr Opa Marcel weiter, ein 2,11 m Hüne. Soviel zu ihren Großeltern, ihre Eltern waren vor zwei Jahren bei einem Verkehrsunfall ums Leben gekommen, was Pia beinahe aus der Bahn geworfen hätte, aber dank ihrem guten Verhältnis zu den Großeltern sie sich wieder fing.

Nun gehen die beiden Generationen nebeneinander her, eine ziemlich große, blonde junge Frau und eine zierlich kleine, immer noch wunderschöne Babette. Manch Passant schaut ihnen erstaunt nach, vielleicht auch weil sie sich Händchen halten, dabei gemeinsam ein Lied von The Police singen, nämlich Roxanne: „Roxanne, you don't have to wear that dress tonight, walk the streets for money, you don't care if it's wrong or if it's right..."

Freund weg, Studiumwechsel durchaus möglich

Sting mit seiner genialen Stimme verleiht halt immer wieder das gewisse Etwas, sich dabei rundum wohl zu fühlen. Kein Wunder, daß Pia und Babette tänzelnd die Straße entlang schlendern, dabei im Takt zum Song den Kopf pendeln lassen, mit ihren Armen rudern. In einer Stadt wie Berlin mag das noch angehen, hier verwundern jedwede Exoten niemand mehr, ganz im Gegenteil, in der Hauptstadtmetropole treffen völlig unterschiedliche Welten aufeinander, ganz ähnlich wie in London, Paris oder in Wien.

„Ach, meine Liebe, wir sind bereits angekommen, hier wohne ich seit geraumer Zeit", betont Babette und weist auf ein sehr gut erhaltenes, mühevoll saniertes Jugendstilhaus, dessen Fassade in taubenblauer Farbe gestrichen, die Fenstersimse und Türrahmen in strahlendes Weiß gehalten, um sie dezent zu betonen.

„Wow, welch tolle Architektur, ich liebe Jugendstil, Omi", erwidert Pia und folgt ihr. Das Treppenhaus mit seinem schwungvollen Eschenholzgeländer wirkt sehr einladend, die vesetzten, großzügigen Flurfenster lassen viel Licht eindringen, jede Wohnungstür ist extra individuell gestaltet, mit verspielten Messingbeschlägen.

'Das schaut nach feudalem Lebensstil aus', denkt sich Pia, wundert sich allerdings nicht weiter darüber, sie weiß nur zu gut, daß Opa, der vor zwei Jahren urplötzlich eines morgens nicht mehr wach wurde, selig verstorben war, ihr eine sehr großzügige Witwenrente überließ. Und jetzt genießt ihre Omi das Leben trotzdem oder erst recht in vollen Zügen, spricht wohl nichts dagegen.

„Nun, laß mal hören, was macht dein Studium, das wolltest du doch im letzten Herbst beginnen, oder? Und wie heißt dein Freund nochmal? Robert oder so?", fragt Babette ihre Enkeltochter ziemlich aufgeregt, schließlich hatten die beiden sich vor einem guten halben Jahr zuletzt gesehen, währenddessen nicht mehr miteinander telephoniert, irgendwie ergab sich dies nicht mehr, waren sie zu sehr mit sich selbst beschäftigt.

„Aber Omi, den Robert hab ich doch vor acht Wochen vor die Türe gesetzt", erwidert Pia ein wenig genervt, „der ging mir einfach zu dolle auf die Nerven, dieses ständige an mir Kleben und vor allem die übertriebene Eifersucht, das wurde mir alles zuviel. Was das Studium anbelangt, bin ich just dabei, es eventuell zu schmeißen, bin mir nicht mehr sicher, ob ich es noch weitermache. Bevor du nachfragst: Hat nichts mit Resignation zu tun, aber Germanistik ist wohl doch nicht mein Ding!"

Babette tröstet sie, streicht ihr über die Haare, nachdem beide im Wohnzimmer zusammen sitzen, einen Kaffee sich genehmigen. Dabei kommt ein wenig verschlafen Kater Florian um die Ecke geschlichen, schaut neugierig zu Pia, zögert einen Moment, um dann gezielt auf ihren Schoß zu springen, sich kurz zu räkeln und schnurrend zusammen zu rollen. Mit breitem Grinsen streichelt ihn Pia und schaut ins Leere.

Reisen können Knoten lösen

Im Leeren doch so viele Dinge im Verborgenen liegen, jener Blick nichts anderes bedeutet, als genau diese zu ergründen, wobei keineswegs ein gezieltes Handeln dahintersteckt, vielmehr im Unterbewußten sich einiges abspielt. Babette ahnt längst, was ihre Enkelin beschäftigt, hält sich vorerst zurück.

Pia erinnert sich an die letzten zwei Jahre, läßt diesen Zeitraum kurz Revue passieren. 'Was waren dabei nur für Momente voller Entbehrungen, gar nicht mal materieller Art, sondern ganz besonders jenes wage nicht Wahrhaben wollen zwischen Studium und Beziehungsproblemen. Per Ignoranz war es eben nicht getan, ganz im Gegenteil, je länger ich mich mit Händen und Füßen dagegen sträubte, Lösungen zu finden, desto mehr versank ich in eine Flut voller Widrigkeiten, verlor mich teilweise', grübelt sie, um im nächsten Augenblick aufzuspringen.

„Ach, Omi, nimm es mir nicht übel, ich denke, es ist besser ich gehe", bemerkt Pia mit fester Stimme, „du selbst hast mich auf eine Idee gebracht, bist der Stein des Anstoßes sozusagen!" Babette schaut sie entgeistert aber lächelnd an.

„Na, wenn das so ist, ein schöneres Kompliment kannst du mir kaum geben, meine Liebe. Ich hoffe, es hilft dir weiter, dich zu finden", erwidert sie und umarmt ihre Enkeltochter kurz. Abschließend verabschieden sich beide und Pia verläßt das Jugendstilhaus. Unterwegs ist sie ziemlich in Gedanken vertieft, um eben die neuen

Perspektiven sich auszumalen, vor allem wissend, was da alles auf sie zukommen möge.

Gleichzeitig wird ihr so richtig bewußt, daß sie ohne weiteres an ihr Studium anknüpfen kann, in sofern dies nicht umsonst bisherig absolviert hat. Loslassen, das ist das Zauberwort der jetzigen Befreiung von bestimmten Zwängen, die sie einfach hinter sich lassen wird. Um so einfacher, eben weil keinerlei Verpflichtung sie anmahnt. Und was kann es schöneres geben, als lässig und unbedarft zu reisen.

Unterwegs würden ihr jede Menge Inspirationen begegnen, neue Eindrücke, Menschen, Kulturen und dafür sorgen, Vergangenes ruhen zu lassen. Mit Therapie hat dies nichts zu tun, aber mit erholsamen Abstand und der Aussicht auf eine Veränderung im Leben selbst allemal. Dessen ist sie sich sicher. Niemand anders als ihre Omi Babette hatte dies selber jahrelang durchlebt, in vielen Ländern dieser Erde Kontakte geknüpft, sich ausgetauscht, schöpft bis heute davon, wie ihr gerade eben noch bewußt geworden.

Als sie die Haustür ihrer kleinen Wohnung aufschließt, weiß sie bereits die nächsten Schritte, die sie einleiten wird, greift zielsicher zum Telephonhörer und bespricht sich mit ihrer besten Freundin Nicole. Lachend folgt eine vertiefte Auseinandersetzung, wohin die Reise zu Beginn gehen möge, während ihr Schutzengel sich entspannt zurücklehnt, mit einem breiten Grinsen nur zu genau weiß, daß jede Menge Arbeit schon bald auf ihn warten wird.

Trügerische Landidylle ohne jede Vorwarnung Kriegsschauplatz

Plötzlich brach für Gwen eine Welt zusammen

Ein laues Lüftchen wehte an jenem Nachmittag im Frühsommer, eine Schar Enten flog schnatternd vorbei, in der Ferne konnte Gwen das Bellen zweier Hunde vernehmen, wobei der eine ein großer sein müßte, der andere eher klein, weil dessen Kläffen in der Nähe bestimmt in den Ohren weh tun würde, grübelte die Zwölfjährige, strich sich dabei gedankenverloren durch ihre langen roten Haare.

Kaum hatte Gwen sich zurechtgesetzt, bemerkte sie drei schwarze Punkte am blauen Himmel, die merkwürdig schnell dahinflogen. Im selben Moment wurde ihr klar, daß es sich dabei nur um Militärmaschinen handeln konnte, viel zu laut durchbrachen jene die Schallmauer. Schon schwirrten sie ziemlich tief über sie hinweg, geschlossen, sehr nah beisammen. Instinktiv sprang das Mädchen auf, rannte so schnell es vermochte in Richtung Haus.

In letzter Sekunde erreichte sie es, riß die Haustür auf und eilte in den Keller. Das war wohl ihre Rettung, weil draußen heftige Explosionen das Erdreich, den Garten zerpflügten, Bäume wie Strohhalme entwurzelt, zerfetzt durch die Luft wirbelten, direkt neben dem Haus ein Geschoß das Küchenfenster traf, Glas splitterte. Gwen verkroch sich verstört hinter ein Regal, überlegte es sich anders und suchte Schutz unter einem Beistelltisch, lag dort zusammengekauert, ihre Knie an den Bauch gezogen und weinte laut.

Sie ärgerte sich, daß ihre Eltern unterwegs waren, ihr nicht beistehen konnten, machte sich zugleich große Sorgen, wie es ihnen wohl ergehen mochte. Irgendwie verstand sie nicht im geringsten, woher diese Flugzeuge überhaupt herkamen und vor allem, warum diese so brutal die Landidylle in einen Kriegsschauplatz verwandelten? Was war geschehen, hatte sie etwas verpaßt? Warum vermieden es die Erwachsenen, solche Entwicklungen nicht weiterzugeben? Immerhin war sie kein kleines Kind mehr. Selbst die Lehrer schwiegen dazu. Wieso nur?

Gwen war auf einmal mächtig sauer über soviel Desinformation, auch über sich selbst. Schließlich hatte sie sträflich vernachlässigt, ein gewisses politisches Bewußtsein zu entwickeln. Neulich erst meinte sie, ihre beste Freundin Nelli auslachen zu müssen, weil jene in einer Diskussion auf dem Nachhauseweg von der Schule sich Sorgen machte, erwähnte, daß der Westen unbedingt Russland als neuen, alten Feind empfand, alles tat, um das Riesenreich zu provozieren. Das könne nicht gutgehen, hatte Nelli Gwen gegenüber warnend betont.

Doch Gwen zog es vor, über ihre Facebookfreunde zu lästern, widmete sich eher Belanglosem, anstatt mal genauer zuzuhören. Das wurde ihr jetzt erst klar, hier unten im Keller. Anfangs heulte noch die Dorfsirene auf, als bereits längst etliche Häuser dem Bombenhagel ausgesetzt waren, vermutete die Jugendliche. Das mußte wohl ein extrem schlagartiger Überraschungsangriff gewesen sein, dachte sie. Oder aber die Deutschen vertrauten einfach der Bundeswehr. Irgendwie schien deren Technik ein wenig zu veraltet.

Gleichzeitig grübelte Gwen, wieso denn die Russen jene Angriffe flogen. Ihr fiel ein, daß bisher es stets lautete, der Westen würde irgendwann mal losschlagen. Oder war Stunden zuvor genau das geschehen und dies hier die entsprechende Antwort? Dennoch hätte ausreichend Zeit sein müssen, um Schutzvorkehrungen zu treffen, die offensichtlich gänzlich ausblieben. Ein leises Wimmern unterbrach ihre Überlegungen, holte sie zurück in die unmittelbare Wirklichkeit. Ganz langsam kroch sie unterm Tisch hervor, bemerkte erst jetzt den Ruß auf ihren Armen und Beinen, schnappte nach Luft, die nicht nur ziemlich heiß war, sondern obendrein sehr stickig. Als sie die Kellertreppe hinaufschlich, stoppte kurz das Geschluchze, ließ sie ebenso innehalten.

Neugierig ging sie trotzdem sehr vorsichtig weiter, wußte oben angekommen, wo sie nachschauen mußte. Vor Schreck schrie Gwen kurz auf, weil neben der Kommode im Flur zur Haustür Nelli lag, ihr rechtes Bein merkwürdig verdreht, ein großer Blutfleck warnte sie sofortigst, möglichst schnell zu handeln. Kurzentschlossen zog sie ihr gelbes Kleid aus, entdeckte eine große Glasscherbe, die als Messer diente, um den Stoff am Saumende einzuschneiden. Im Nu diente ein langer Streifen als notdürftiger Verband, etwas oberhalb von Nellis Knie befand sich ein handbreit langer Schnitt.

Erleichtert wischte sich Gwen den Schweiß von der Stirn, streichelte ihre Freundin über den Kopf. Langsam beruhigte sich Nelli, rappelte sich vorsichtig auf, wobei Gwen sie stützte. Das Donnern der Militärmaschinen war verebbt, überall stiegen Rauchsäulen auf, die beiden Teenager blickten einer ungewissen Zukunft entgegen. Was war bloß geschehen, sollte das die Fortsetzung des längst begonnenen dritten Weltkriegs sein, den warnende Stimmen des öfteren verkündet hatten, allerdings die meisten Menschen als Hirngespinste abtaten?

UFO-Begegnung mit Katzenjammer

Conny traut ihren Augen nicht

In regelmäßigen Abständen wiederholte sich dieses seltsame Geräusch, welches Conny zunächst nicht einordnen konnte. Dennoch beunruhigte sie die Vorstellung, es könne vielleicht wichtig sein, die Ursache rechtzeitig gefunden zu haben, so daß sie plötzlich hellwach senkrecht im Bett sich aufrichtete. Mit einem kurzen Blick aufs Ziffernblatt ihres Weckers sah die 29-Jährige, daß es gerade mal 2:30 Uhr war.

Oder spielte in der Aufwachphase ein vorhergegangener Traum ihr einen üblen Streich, grübelte Conny, verwarf aber im nächsten Moment ihr Zögern, da sich wesentlich lauter das Geräusch wiederholte. Ohne zu zögern, sprang sie auf, durchquerte rasch das Schlafzimmer, stieß die ständig klemmende Tür auf, schaltete erst jetzt das Licht im Flur an und sah den Grund all der kurzen nächtlichen Aufregung: Felix hatte mal wieder gemeint, er müsse den Schuhschrank öffnen und ihre stattliche Kollektion näher begutachten.

Vielleicht werden Sie sich jetzt fragen, wer denn Felix sei, ob dahinter ein Hund oder eine Katze sich verberge. Zweiteres war der Fall, aber dieser stattliche Kater machte der Biologin das Leben in letzter Zeit ein wenig schwerer als sonst, obwohl nichts ungewöhnliches man dabei vermuten sollte, wenn das geliebte Haustier des nachts äußerst aktiv die Wohnung erforschte, schließlich entsprach dies genau der Natur dieser Spezies.

Aber einfach so aus heiterem Himmel, obwohl der schwarz-weiße Dreijährige ansonsten stets brav auf seinem Kissen neben ihrem Bett gelegen hatte? Irgendwie wollte Conny den neulichen Sinneswandel nicht wahrhaben, ärgerte sich ebenso darüber, ihres Schlafes beraubt worden zu sein, zumal morgen besonders viel beruflich von ihr erwartet wurde.

Viel länger verblieb ihr mitnichten, darüber länger zu grübeln, da im nächsten Augenblick eine gänzlich andere Situation eintrat. Ein unvorstellbar grelles Licht erhellte nicht nur ihr Schlafzimmer, wie sie im Flur stehend bemerkte, sondern obendrein erwärmten die Strahlen die gesamte Wohnung. Gleichzeitig sah Conny im Nähertreten, daß das Schlafzimmerfenster geöffnet wurde. Felix selbst hatte ängstlich zwischen ihren Beinen Schutz gesucht, schaute sie von unten ganz kläglich am Leib zitternd an.

Doch als die Biologin die Erscheinung endlich sehen konnte, die aus dem überhellen Licht langsam auf sie zukam, wußte sie sofort, daß sämtliche Meldungen und Bilder über Beschreibungen von Außerirdischen alles andere als eine Mär waren. Sie stimmten ziemlich überein, weil das Wesen genau so ausschauend ihr gegenüberstand. Irgendwie wurde ihr auf einmal schummrig, sie vermochte gerade noch, rechtzeitig sich aufs Bett zu setzen. Anschließend verfiel sie in eine Art Trance, nicht wissend, ob alles Folgende der Realität entsprach, dennoch begleitet mit einer äußerst angenehmen Gewißheit von Selbstvertrauen. Eine Stimme in ihrem Kopf versuchte sie erfolgreich zu beruhigen.

„Conny Kleist, wir haben nicht zufällig Sie hier heute Nacht aufgesucht. Dürfen wir uns kurz vorstellen? Wir kommen von sehr weit her, bei Euch heißt das Sternensystem Sirius, um Euren Planeten mal wieder zu besuchen wie schon teilweise zuvor. Unsere Mission hat gleich mehrere, schwierige Aufgaben zu erfüllen. Zunächst suchen wir gezielt bestimmte Menschen auf, um sie darauf vorzubereiten. Zu diesem Kreis gehören auch Sie. Keine Sorge, wir hegen keinerlei aggressive oder kriegerische Absichten, weil dies viele Eurer Spezies meinen. Ganz im Gegenteil, wir sind friedliebende Wesen." Conny fühlte sich aufgehoben, während auch Felix inzwischen neben ihr liegend vor sich hindämmerte.

Alles nur ein Traum?

Allerdings weiß jeder Katzenkenner, daß Tiefschlafphasen diese sich kaum leisten, viel eher die Tiere stets äußerst wachsam die nähere Umgebung mit all ihren Sinnen wahrnehmen, so auch Felix gezielt lauschte, was da soeben geschah. Vertrauen hatte er dennoch schnell in jenes Wesen, welches sich als Mozigaa vorstellte.

Und so fuhr Mozigaa in ruhigem Ton fort: „Versuchen Sie gleich ein wenig zu schlafen, es ist alles in Ordnung. Sie werden in wenigen Stunden keinerlei Erinnerung mehr haben von dem, was Sie hier erlebten. Der einzige, der es noch weiß, wird Ihr Kater Felix sein. Aber gleichzeitig haben wir vorgesorgt, daß bei einem bestimmten Ereignis Sie nur zu genau wissen, was zu tun ist bzw. ihre Erinnerung zurückkehrt."

Nach diesen Worten begab sich der Außerirdische ins UFO, lautlos schloß sich die Flügeltür, innerhalb weniger Sekunden war es im Dunkel der Nacht verschwunden, wie von Geisterhand hatte sich ebenso der Fensterflügel geschlossen. Felix schaute mit riesigen Augen noch eine Weile lang in den nächtlichen Himmel, begab sich anschließend auf seinen Platz und schlief ein.

Kleinstädte haben so etwas provinzielles an sich, wobei ein gewisser Anteil an spießigen Bürgern gerade jene nervt, die ein wenig toleranter miteinander umgehen. Dies erweckt befremdliche Momente, die eventuell peinliche Situationen hervorrufen können, manchmal für beide Seiten. Doch Conny hatte damit überhaupt keine Probleme, verstand es geschickt, daß man sie eben nicht in irgendeine Schublade einordnen konnte, schon gleich gar nicht in die der Spießbürger.

Irgendwie hatte sie ein mulmiges Gefühl beim Aufwachen, versuchte sich krampfhaft zu erinnern, was sie da wohl geträumt hatte, ließ es aber zugleich, weil Felix sie eher unsanft und somit recht stürmisch begrüßte, so als ob sie sich schon tagelang nicht gesehen hätten.

Der stolze Dreijährige saß aufrecht vor ihr und starrte sie an. Am heutigen Sonntag konnte Conny alles gemütlicher angehen, daher störte sie es nicht, daß bereits der Vormittag schon weit fortgeschritten war, die 11-Uhr-Kirchenglocke dies ankündigte. Sie öffnete das Schlafzimmerfenster, streckte ihre beiden Arme lang anhaltend gähnend gen Mittagssonne und blinzelte einem roten Jeep hinterher, der etwas zu schnell die Straße entlang fuhr, als sie etwas irritiert einen schwarzen Fleck außen unterm Fenstersims entdeckte. Beim Näherkommen roch es leicht verkohlt, doch Conny konnte sich ihn natürlich nicht erklären.

'Erst mal in aller Ruhe frühstücken', dachte sie und schaltete den Fernseher ein. Das Regionalprogramm berichtete über UFO-Sichtungen in der letzten Nacht. Der Sender tat aber die Schilderungen als ungenau ab, die gewöhnlichen Kommentare voller skeptischer Bemerkungen wurden geäußert, es könne ohnehin nicht sein, da hätten wohl manche Bewohner Gespenster gesehen oder zuviel Science-Fiction-Romane gelesen. Conny grinste unwillkürlich und schaltete das Gerät wieder aus.

Nur Felix hatte ein wenig verwundert auf die Mattscheibe gestarrt, als einige Bilder von UFOs präsentiert wurden, um die nächtlichen Phänomene zu beschreiben. Doch er konnte sich schlecht Conny gegenüber äußern, was er alles nachts erlebt hatte, obendrein war er sowieso viel zu sehr abgelenkt, weil das Frauchen ihm sein Sonntagsleckerlie gegeben hatte. Und dies ließ er sich besonders gut schmecken.

Eine Reise durch die Nacht

Erst mal gemütlich die beiden Vorderpfoten nach vorne strecken, sich ausgiebigst putzen, in dieser Hinsicht war Felix schon eine kleine Ausnahme, weil viele Kater nicht so großen Wert darauf legen im Gegensatz zu Katzen selbst. Conny räumte soeben das Frühstücksgeschirr ab, Käse, Marmelade und Milch in den Kühlschrank, als ihr

Telephon klingelte. Sie wunderte sich noch, wer denn um diese Zeit anrufen könnte und nahm den Hörer ab.

Im nächsten Moment wurde sie ohnmächtig, sank aber komischerweise sanft zu Boden, wie wenn jemand sie halten würde, nur niemand war zugegen. Felix traute seinen Augen nicht, was da mit seinem Frauchen geschah, bemerkte allerdings die extrem starke Kraft in der Küche, so daß er sich instinktiv lieber vorsichtig nach hinten schleichend unter den Vorratsschrank begab.

Sich Entmaterialisieren gehörte zu den leichtesten Übungen einer Sirius-Spezies, die erneut Conny einen Besuch abstattete. Mozigaas kleine Gestalt hatte einfach die Farbe gewechselt, statt grünlich wie in der letzten Nacht, erschien das Wesen nunmehr in einem lilafarbenen Ton, wie die langsam zu sich kommende Biologin bemerkte. Auch fiel ihr diesmal auf, daß es keine Kleidung oder ähnliches trug, vielmehr keine Haut vorhanden war, eher ein schuppartiges Leder, von der Struktur einem Krokodil glich.

Noch ehe sie etwas zu sagen vermochte, richtete Mozigaa das Wort an sie: „Frau Kleist, jetzt erinnern Sie sich planmäßig erneut an mich. Heute dürfen Sie mich begleiten. Zunächst fliegen wir für kurze Zeit zum Mutterschiff, von da aus geht's direkt zu unserem Heimatplaneten Silfor, der um Sirius B kreist."

Conny nickte ein wenig benommen, versuchte aufzustehen, was ihr aber nicht gleich gelang. Behutsam richtete sie sich auf, schaute sich dabei um, weil sie Felix vermißte, der überlicherweise eigentlich meist ihre Nähe aufsuchte. Der Außerirdische teilte ihr per Gedankenübertragung mit, daß der Kater unter dem Vorratsschrank sich befinden würde, worauf Felix vorsichtig hervorkroch, als ob das Tier verstanden hätte.

Anschließend begaben sich alle Drei ins Treppenhaus, stiegen nach oben zum Dachboden. Conny öffnete wortlos die Tür zum Flachdach, wurde aber sofortigst extrem geblendet, obwohl die Sonne schien, war dieses Licht erneut um ein Vielfaches heller, wieder bemerkte sie eine starke Wärme. Mozigaa führte beide ins UFO, welches gerade mal drei Meter hoch war, dafür mindestens fünfzehn Meter breit, wie die 29-Jährige grob schätzte.

Nahezu geräuschlos schlossen sich die beiden Schiebetüren und das kreisrunde Flugobjekt flog nicht sehr schnell im hohen Bogen durch die Stratosphäre, befand sich mit einer Höhe von genau 320 km über der Erde mitten in der Thermospähre und erreichte das gewaltige Mutterschiff. 'Irgendwie wirkt das UFO wie ein kleines Spielzeug, welches einen Landepunkt zwischen all den Geräten und Formen sucht', dachte Conny ziemlich verwirrt. Mozigaa grinste ein wenig und deutete auf einen grün blinkenden Lichtkreis, in dessen Mitte sie ein näher kommendes, leuchtendes Symbol sah, was sie an ein Seepferdchen erinnerte.

„Das ist unser Lande-Eingang", versicherte ihr das außerirdische Wesen. Die Biologin nickte zustimmend, während Felix ganz dicht bei ihr saß. Sanft landete das kleine Raumgefährt inmitten eines für sie zunächst unübersichtlichen Raumes, voller technischer

Gerätschaften, sie eher verwirrte. Im nächsten Moment stiegen die drei aus und schritten eine erhellte Markierung entlang. Dabei registrierte Conny, daß sie gar nicht den Boden berührten, folglich über ihn schwebten. Gleichzeitig bemerkte sie, daß sie mit einer unvorstellbaren hohen Geschwindigkeit durch den Kosmos zu rasen schienen. Viel zu abgelenkt war sie, um länger all die neuen Eindrücke zu verarbeiten, zumal sie obendrein längst in eine riesige Halle traten.

Überall standen Silforer und beäugten die beiden Erdenbewohner, allerdings äußerst freundlich, Conny konnte keinerlei Feindseligkeit feststellen. Dabei gingen sie auf eine Podesterie zu. Zentral in der Mitte saß offensichtlich eine Art Anführer, vermutete die Biologin. Mozigaa gab ihr zu verstehen, sich eben nicht zu verneigen, sondern einfach abzuwarten. Felix selbst saß kerzengerade neben seinem Frauchen und schnurrte ein wenig.

„Herzlichst willkommen hier auf Silfor, Conny Kleist und auch Felix", begann der Anführer und lächelte dem Kater dabei zu, „ich bin der gewählte oberste Fürst hier auf Silfor, Mozigaa, unser Botschafter im Kosmos, hatte die ehrenvolle Aufgabe, Euch beide hierher zu bringen. Danke Dir, Mozigaa. Ihr werdet bestimmt fragen, warum wir Kontakt zur Erde suchen und ausgerechnet Sie erwählten." Dabei wartete der Fürst erst gar nicht ab, was sie erwidern vermochte, sondern fuhr fort, „es hat einen ganz plausiblen Grund: Wir suchen gezielt bestimmte Menschen aus, um sie vorzubereiten auf eine wachsende Freundschaft zwischen unseren kosmischen Spezies. Früher hatten wir bereits Kontakte mit den Dogon im westafrikanischen Mali, Euer Schriftsteller Robert Temple berichtete darüber. Aber in Eurer wissenschaftlichen Welt wurde er viel eher als Phantast abgetan."

Conny schaute ein wenig erstaunt in die Runde, sie hatte als Jugendliche mal sein Buch gelesen, jedoch später war es wieder in Vergessenheit geraten, alldieweil ihr Freundeskreis eher skeptisch alten Mythen gegenüberstand, sie sich daher von ihnen beeinflussen ließ. Nunmehr wurde sie allerdings eines Besseren belehrt. Noch lange befanden sich die Beiden in der Halle, zwischendurch gab es interessante Speisen, wobei sie nicht so genau wissen wollten, was gegessen wurde, zumindest schmeckte es ausgezeichnet.

Heftiges Scharren riß Conny aus ihrem Traum, den sie sich so gar nicht erklären konnte. 'Komisch, wieso habe ich das dumpfe Gefühl, in der Luft unterwegs gewesen zu sein', grübelte sie vor sich hin, stellte dann aber fest, daß es schon spät war, heute standen neue Versuche im Labor an. Felix begrüßte sie wie jeden morgen überschwenglich und biß kurz in den kleinen Zeh ihres rechten Fußes. Sie bemerkte, daß eine lila schimmernde Schuppe irgendwie an seinem Schwanz haftete, konnte sich dies aber nicht im geringsten erklären.

Weihnachten im Tal der Elfen

Sein Blick schweifte über das ruhig daliegende, weite Tal, während am fernen Horizont die Sonne mit ihren letzten wärmenden Strahlen güldenes Licht spendete, bevor Kälte und Dunkelheit hereinbrach. Frikuloor lehnte lässig an einer Fichtenwurzel, die Arme verschränkt und dachte nach. Dieses Jahr schien es wesentlich wärmer zu sein, weit und breit lag kein Schnee, und auch der Frost mochte sich nicht wirklich blicken lassen. Wie sollte da am ersten Weihnachtstag auch nur annähernd diese bestimmte Stimmung aufkommen, das Leuchten der Kinderaugen, wenn sie fröhlich tollend mit dem Schlitten unterwegs die Stille des Waldes für kurze Zeit unterbrachen. Wenn sie jede kleine Anhöhe benutzten, um kreischend hinabzufahren auf den Holz- und Plastikgefährten. Nein, heute war es hingegen ganz ruhig im Mischwald. Überall lagen noch die welken Blätter des Herbstes, der sich auch sehr mild gezeigt hatte.

Wenn die Kinder wüßten, welches Geheimnis sich in diesem weiten Tal, unterhalb der Bäume und kleinen Grasoasen verbarg, dann wären sie vielleicht angenehm überrascht, zumindest die meisten von ihnen. Doch die Elfen durften keinen Kontakt zu ihnen aufnehmen, das war völlig ausgeschlossen und stand daher auch nicht zur Diskussion. Und doch konnte manchesmal selbst der erfahrene, schon etwas ältere Frikuloor nicht umhin, sie heimlich zu beobachten, ihre Nähe aufzusuchen, was nicht ganz ungefährlich war, auch wenn seine Tarnung äußerst perfekt ihn schützte. Ähnlich wie ein Chamäleon passte er sich farblich der jeweiligen Umgebung an, und jetzt war sie halt herbstfarben statt dem üblichen Weiß an diesem Weihnachtstag am stillen Abend.

War da nicht ein ganz leises Rascheln in seiner unmittelbaren Nähe? Frikuloor drehte sich ganz vorsichtig um, verlagerte sein Körpergewicht vom linken auf den rechten Fuß, um plötzlich wegzurutschen, verlor seinen Halt und purzelte den staubigen Hang hinab. Dabei entfuhr ihm ein kurzer, aber lauter Schrei.

"Ach, wen haben wir denn hier? Aus welchem Märchenbuch bist Du denn entwichen?", fragte lachend ein zierliches Mädchen und wollte ihm schon aufhelfen, doch Frikuloor war ganz schnell wieder auf den Beinen und konnte gerade noch entweichen.
"Bloß nicht anfassen, das bringt Unglück ! Woher kommst Du auf einmal, ich habe Dich viel zu spät gehört, und vor allem, wieso bist Du allein, Ihr seid hier immer in Gruppen unterwegs, ich verstehe das jetzt nicht?", erwiderte er fast schon in einem Jammerton und klopfte die Erde von seinen Klamotten. Erneut lachte das Mädchen hell auf und tanzte fröhlich um ihn herum.
"Wie heißt Du denn, Du lustiges, kleines Wesen? Bist Du ein Zwerg, ein Gnom oder ein Troll?", wollte sie von ihm wissen, und bevor er antworten konnte fuhr sie fort, "ich heiße Valerie und habe mich ein wenig verlaufen."
"Normalerweise darfst Du gar nicht wissen, daß es mich gibt. Aber nun ist es halt geschehen. Ich heiße Frikuloor, und hier bist Du in Wirklichkeit in einem Tal der Elfen. Das mußt Du aber unbedingt für Dich behalten. Versprich es mir hoch und heilig", bat er fast schon weinerlich, worauf sie schallend lachen mußte. Sie

umarmte ihn völlig überraschend, und diesmal ließ er es zu.

"Keine Sorge, das bleibt gewiß bei mir. Meine Freunde würden mir ohnehin nicht glauben, wenn ich ihnen erzähle, einem Elfenmann begegnet zu sein. Zeige mir doch einfach den Weg zurück, so langsam befürchte ich, sie werden mich suchen, viel zu lange schon bin ich jetzt unterwegs, wie gesagt, ich habe mich ja verlaufen."

Wortlos nahm Frikuloor sie an die Hand und schritt beherzt voran. In diesem Wald und Tal kannte er doch jeden Stein, jeden Halm. Natürlich hatten die anderen Elfen längst bemerkt, daß da ein Menschenkind in ihrem Reiche sich verirrt hatte, jedoch hielten sie sich geschickt zurück, es sollte vollkommen ausreichen, wenn Valerie einen von ihnen zu Gesicht bekommen hatte. Nach einer Weile erreichten sie eine Anhöhe, von der aus man gleich in zwei Täler blicken konnte. Hinter ihnen lag das ihm vertraute, vor ihnen ganz weit am Horizont konnte man gerade noch einen feinen Lichtschein erkennen.

"Schau mal, dort, ganz weit da hinten muß eine Straße sein. Gehe einfach drauf zu. Weiter kann und darf ich nicht gehen, weil wir unser Tal niemals verlassen", erläuterte er ihr fast schon flüsternd. Die Elfen wußten nur zu genau, daß bereits viele Tiere ihren wohlverdienten Schlaf begonnen hatten.

"Vielen lieben Dank, lieber Frikuloor, Du hast mir sehr geholfen, ohne Dich hätte ich das wahrscheinlich zumindest heute Nacht nicht geschafft", bedankte sie sich ganz herzlich und umarmte ihn noch ein mal. Danach trennten sich ihre Wege.

Ganz vorsichtig entfernte Valerie sich und war im Dunkel der Nacht nicht mehr zu sehen. Noch lange horchte Frikuloor, um sicher zu gehen, daß sie die Richtung nicht verfehlte. Doch nach einer Weile wußte er, daß sie ihr Ziel erreichen würde und kehrte zurück ins Tal der Elfen. Würde sie auch Wort halten und den Menschen nichts erzählen? Ach, einerlei, dachte er, selbst wenn, sie hatte ja keinen einzigen Beweis, außer, ihn gesehen zu haben. Und auch klang sie sehr glaubwürdig, das sagte ihm sein Instinkt, auf den er sich stets verlassen konnte. Inzwischen waren dunkle Wolken aufgezogen, und es begann zu regnen. Nein, auch jetzt sollte keine Spur von Winter sich zeigen, Regen am ersten Weihnachtstag, besser in der Nacht zum zweiten. Aber auch Elfen haben keinen Einfluß auf das Wetter. Und so erreichte Frikuloor ein wenig durchnässt sein zuhause, unterhalb der mächtigen Fichte und freute sich auf einen warmen Tee.

Herstellung und Verlag:
BoD - Books on Demand, Norderstedt
ISBN 978-3-7412-5583-0